LE MIE PRIGIONI

Silvio Pellico

Texte et illustration de couverture : © domaine public
Edition : Culturea (Hérault, 34)
Contact : infos@culturea.fr
Retrouvez notre catalogue sur http://culturea.fr
Imprimé en Allemagne par Books on Demand
Design typographique : Derek Murphy
Layout : Reedsy (https://reedsy.com/)

Dépôt légal : janvier 2023

ISBN : 9791041842001

CAPO I

Il venerdì 13 ottobre 1820 fui arrestato a Milano, e condotto a Santa Margherita. Erano le tre pomeridiane. Mi si fece un lungo interrogatorio per tutto quel giorno e per altri ancora. Ma di ciò non dirò nulla. Simile ad un amante maltrattato dalla sue bella, e dignitosamente risoluto di tenerle broncio, lascio la politica ov'ella sta, e parlo d'altro.

Alle nove della sera di quel povero venerdì, l'attuario mi consegnò al custode, e questi, condottomi nella stanza a me destinata, si fece da me rimettere con gentile invito, per restituirmeli a tempo debito, orologio, denaro, e ogni altra cosa ch'io avessi in tasca, e m'augurò rispettosamente la buona notte.

«Fermatevi, caro voi;» gli dissi «oggi non ho pranzato; fatemi portare qualche cosa.»

«Subito, la locanda è qui vicina; e sentirà, signore, che buon vino!»

«Vino, non ne bevo.»

A questa risposta, il signor Angiolino mi guardò spaventato, e sperando ch'io scherzassi. I custodi di carceri che tengono bettola, inorridiscono d'un prigioniero astemio.

«Non ne bevo, davvero.»

«M'incresce per lei; patirà al doppio la solitudine...»

E vedendo ch'io non mutava proposito, uscì; ed in meno di mezz'ora ebbi il pranzo. Mangiai pochi bocconi, tracannai un bicchier d'acqua, e fui lasciato solo.

La stanza era a pian terreno, e metteva sul cortile. Carceri di qua, carceri di là, carceri di sopra, carceri dirimpetto. Mi appoggiai alla finestra, e stetti qualche tempo ad ascoltare l'andare e venire de' carcerieri, ed il frenetico canto di parecchi de' rinchiusi.

Pensava: "Un secolo fa, questo era un monastero: avrebbero mai le sante e penitenti vergini che lo abitavano, immaginato che le loro celle sonerebbero oggi, non più di femminei gemiti e d'inni divoti, ma di bestemmie e di canzoni invereconde, e che conterrebbero uomini d'ogni fatta, e per lo più destinati agli ergastoli o alle forche? E fra un secolo, chi respirerà in queste celle? Oh fugacità del tempo! oh mobilità perpetua delle cose! Può chi vi considera affliggersi, se fortune cessò di sorridergli, se vien sepolto in prigione, se gli si minaccia il patibolo? Ieri, io era uno de' più felici mortali del mondo: oggi non ho più alcuna delle dolcezze che confortavano la mia vita; non più libertà, non più consorzio d'amici, non più speranze! No; il lusingarsi sarebbe follia. Di qui non uscirò se non per essere gettato ne' più orribili covili, o consegnato al carnefice! Ebbene, il giorno dopo la mia morte, sarà come s'io fossi spirato in un palazzo, e portato alla sepoltura co' più grandi onori".

Così il riflettere alla fugacità del tempo m'invigoriva l'animo. Ma mi ricorsero alla mente il padre, la madre, due fratelli, due sorelle, un'altra famiglia ch'io amava quasi fosse la mia; ed i ragionamenti filosofici nulla più valsero. M'intenerii, e piansi come un fanciullo.

CAPO II

Tre mesi prima, io era andato a Torino, ed avea riveduto, dopo parecchi anni di separazione, i miei cari genitori, uno de' fratelli e le due sorelle. Tutta la nostra famiglia si era sempre tanto amata! Niun figliuolo era stato più di me colmato di benefizi dal padre e dalla madre! Oh come al rivedere i venerati vecchi io m'era commosso, trovandoli notabilmente più aggravati dall'età che non m'immaginava! Quanto avrei allora voluto non abbandonarli più, consacrarmi a sollevare colle mie cure la loro vecchiaia! Quanto mi dolse, ne' brevi giorni ch'io stetti a Torino, di aver parecchi doveri che mi portavano fuori del tetto paterno, e di dare così poca parte del mio tempo agli amati congiunti! La povera madre diceva con melanconica amarezza: «Ah, il nostro Silvio non è venuto a Torino per veder noi!». Il mattino che ripartii per Milano, la separazione fu dolorosissima. Il padre entrò in carrozza con me, e m'accompagnò per un miglio; tornò indietro soletto. Io mi voltava a guardarlo, e piangeva, e baciava un anello che la madre m'avea dato, e mai non mi sentii così angosciato di allontanarmi da' parenti. Non credulo a' presentimenti, io stupiva di non poter vincere il mio dolore, ed era forzato a dire con ispavento: "D'onde questa mia straordinaria inquietudine?". Pareami pur di prevedere qualche grande sventura.

Ora, nel carcere, mi risovvenivano quello spavento, quell'angoscia; mi risovvenivano tutte le parole udite, tre mesi innanzi, da' genitori. Quel lamento della madre: «Ah, il nostro Silvio non è venuto a Torino per veder noi!» mi ripiombava sul cuore. Io mi rimproverava di non essermi mostrato loro mille volte più tenero. "Li amo cotanto, e ciò dissi loro così debolmente! Non dovea mai più vederli, e mi saziai così poco de' loro cari volti! e fui così avaro delle testimonianze dell'amor mio!" Questi pensieri mi straziavano l'anima

Chiusi la finestra, passeggiai un'ora, credendo di non aver requie tutta la notte. Mi posi a letto, e la stanchezza m'addormentò.

CAPO III

Lo svegliarsi la prima notte in carcere è cosa orrenda! "Possibile!" dissi ricordandomi dove io fossi "possibile! Io qui? E non è ora un sogno il mio? Ieri dunque m'arrestarono? Ieri mi fecero quel lungo interrogatorio, che domani, e chi sa fin quando dovrà continuarsi? Ieri sera, avanti di addormentarmi, io piansi tanto, pensando a' miei genitori?"

Il riposo, il perfetto silenzio, il breve sonno che avea ristorato le mie forze mentali, sembravano avere centuplicato in me la possa del dolore. In quell'assenza totale di distrazioni, l'affanno di tutti i miei cari, ed in particolare del padre e della madre allorché udrebbero il mio arresto, mi si pingea nella fantasia con una forza incredibile.

"In quest'istante" diceva io "dormono ancora tranquilli, o vegliano pensando forse con dolcezza a me, non punto presaghi del luogo ov'io sono! Oh felici, se Dio li togliesse dal mondo, avanti che giunga a Torino la notizia della mia sventura! Chi darà loro la forza di sostenere questo colpo?"

Una voce interna parea rispondermi: "Colui che tutti gli afflitti invocano ed amano e sentono in se stessi! Colui che dava la forza ad una Madre di seguire il Figlio al Golgota, e di stare sotto la sua croce! l'amico degl'infelici, l'amico dei mortali!".

Quello fu il primo momento, che la religione trionfò del mio cuore, ed all'amor filiale debbo questo beneficio.

Per l'addietro, senza essere avverso alla religione, io poco e male la seguiva. Le volgari obbiezioni, con cui suole essere combattuta, non mi parevano un gran che, e tuttavia mille sofistici dubbi infievolivano la mia fede. Già da lungo tempo questi dubbi non cadevano più sull'esistenza di Dio, e m'andava ridicendo che se Dio esiste, una conseguenza necessaria della sua giustizia è un'altra vita per l'uomo, che patì in un mondo così ingiusto: quindi la somma ragionevolezza di aspirare ai beni di quella seconda vita; quindi un culto di amore di Dio e del prossimo, un perpetuo aspirare a nobilitarsi con generosi sacrifizi. Già da lungo tempo m'andava ridicendo tutto ciò, e soggiungeva: "E che altro è il Cristianesimo se non questo perpetuo aspirare a nobilitarsi?". E mi meravigliava come sì pura, sì filosofica, sì inattaccabile manifestandosi l'essenza del Cristianesimo, fosse venuta un'epoca in cui la filosofia osasse dire: "Farò io d'or innanzi le sue veci". Ed in qual modo farai tu le sue veci? Insegnando il vizio? No certo. Insegnando la virtù? Ebbene sarà amore di Dio e del prossimo; sarà ciò che appunto il Cristianesimo insegna.

Ad onta ch'io così da parecchi anni sentissi, sfuggiva di conchiudere: "Sii dunque conseguente! sii cristiano! non ti scandalezzar più degli abusi! non malignar più su qualche punto difficile della dottrina della Chiesa, giacché il punto principale è questo, ed è lucidissimo: ama Dio e il prossimo".

In prigione deliberai finalmente di stringere tale conclusione, e la strinsi. Esitai alquanto, pensando che se taluno veniva a sapermi più religioso di prima, si crederebbe in dovere di reputarmi bacchettone, ed avvilito dalla disgrazia. Ma sentendo ch'io non era né bacchettone né avvilito, mi compiacqui di non punto curare i possibili biasimi non meritati, e fermai d'essere e di dichiararmi d'or in avanti cristiano.

CAPO IV

Rimasi stabile in questa risoluzione più tardi, ma cominciai a ruminarla e quasi volerla in quella prima notte di cattura. Verso il mattino le mie smanie erano calmate, ed io ne stupiva. Ripensava a' genitori ed agli altri amati, e non disperava più della loro forza d'animo, e la memoria de' virtuosi sentimenti, ch'io aveva altre volte conosciuti in essi, mi consolava.
Perché dianzi cotanta perturbazione in me, immaginando la loro, ed or cotanta fiducia nell'altezza del loro coraggio? Era questo felice cangiamento un prodigio? era un naturale effetto della mia ravvivata credenza in Dio? - E che importa chiamar prodigi, o no, i reali sublimi benefizi della religione?
A mezzanotte, due secondini (così chiamansi i carcerieri dipendenti dal custode) erano venuti a visitarmi, e m'aveano trovato di pessimo umore. All'alba tornarono, e mi trovarono sereno e cordialmente scherzoso.
«Stanotte, signore, ella aveva una faccia da basilisco» disse il Tirola «ora è tutt'altro, e ne godo, segno che non è... perdoni l'espressione... un birbante: perché i birbanti (io sono vecchio del mestiere, e le mie osservazioni hanno qualche peso), i birbanti sono più arrabbiati il secondo giorno del loro arresto, che il primo. Prende tabacco?»
«Non ne soglio prendere, ma non vo' ricusare le vostre grazie. Quanto alla vostra osservazione, scusatemi, non è da quel sapiente che sembrate. Se stamane non ho più faccia da basilisco, non potrebb'egli essere che il mutamento fosse prova d'insensatezza, di facilità ad illudermi, a sognar prossima la mia libertà?»
«Ne dubiterei, signore, s'ella fosse in prigione per altri motivi; ma per queste cose di stato, al giorno d'oggi, non è possibile di credere che finiscano così su due piedi. Ed ella non è siffattamente gonzo da immaginarselo. Perdoni sa: vuole un'altra presa?»
«Date qua. Ma come si può avere una faccia così allegra, come avete, vivendo sempre fra disgraziati?»
«Crederà che sia per indifferenza sui dolori altrui: non lo so nemmeno positivamente io, a dir vero; ma l'assicuro che spesse volte il veder piangere mi fa male. E talora fingo d'essere allegro affinché i poveri prigionieri sorridano anch'essi.»
«Mi viene, buon uomo, un pensiero che non ho mai avuto: che si possa fare il carceriere ed essere d'ottima pasta.»
«Il mestiere non fa niente, signore. Al di là di quel voltone ch'ella vede, oltre il cortile, v'è un altro cortile ed altre carceri, tutte per donne. Sono... non occorre dirlo... donne di mala vita. Ebbene, signore, ve n'è che sono angeli, quanto al cuore. E s'ella fosse secondino...»
«Io?» e scoppiai dal ridere.
Tirola restò sconcertato dal mio riso, e non proseguì. Forse intendea, che s'io fossi stato secondino mi sarebbe riuscito malagevole non affezionarmi ad alcuna di quelle disgraziate.
Mi chiese ciò ch'io volessi per colezione. Uscì, e qualche minuto dopo mi portò il caffè.
Io lo guardava in faccia fissamente, con un sorriso malizioso che voleva dire: "Porteresti tu un mio viglietto ad altro infelice, al mio amico Pietro?". Ed egli mi rispose con un altro sorriso che voleva dire: "No, signore; e se vi dirigete ad alcuno de' miei compagni, il quale vi dica di sì, badate che vi tradirà".
Non sono veramente certo ch'egli mi capisse, né ch'io capissi lui. So bensì ch'io fui dieci volte sul punto di dimandargli un pezzo di carta ed una matita, e non ardii, perché v'era alcun che negli occhi suoi, che sembrava avvertirmi di non fidarmi di alcuno, e meno d'altri che di lui.

CAPO V

Se Tirola, colla sua espressione di bontà, non avesse anche avuto quegli sguardi così furbi, se fosse stata una fisionomia più nobile, io avrei ceduto alla tentazione di farlo mio ambasciatore, e forse un mio viglietto giunto a tempo all'amico gli avrebbe data la forza di riparare qualche sbaglio, - e forse ciò salvava, non lui, poveretto, che già troppo era scoperto, ma parecchi altri e me!
Pazienza! doveva andar così.
Fui chiamato alla continuazione dell'interrogatorio, e ciò durò tutto quel giorno, e parecchi altri, con

nessun altro intervallo che quello de' pranzi.
Finché il processo non si chiuse, i giorni volavano rapidi per me, cotanto era l'esercizio della mente in quell'interminabile rispondere a sì varie dimande, e nel raccogliermi, alle ore di pranzo ed a sera, per riflettere a tutto ciò che mi s'era chiesto e ch'io aveva risposto, ed a tutto ciò su cui probabilmente sarei ancora interrogato.
Alla fine della prima settimana m'accadde un gran dispiacere. Il mio povero Piero, bramoso, quanto lo era io, che potessimo metterci in comunicazione, mi mandò un viglietto, e si servì non d'alcuno de' secondini, ma d'un disgraziato prigioniero che veniva con essi a fare qualche servigio nelle nostre stanze. Era questi un uomo dai sessanta ai settant'anni, condannato a non so quanti mesi di detenzione. Con una spilla ch'io aveva, mi forai un dito, e feci col sangue poche linee di risposta, che rimisi al messaggero. Egli ebbe la mala ventura d'essere spiato, frugato, colto col viglietto addosso, e, se non erro, bastonato. Intesi alte urla che mi parvero del misero vecchio, e nol rividi mai più.
Chiamato a processo, fremetti al vedermi presentata la mia cartolina vergata col sangue (la quale, grazie al cielo, non parlava di cose nocive, ed avea l'aria d'un semplice saluto). Mi si chiese con che mi fossi tratto sangue, mi si tolse la spilla, e si rise dei burlati. Ah, io non risi! Io non poteva levarmi dagli occhi il vecchio messaggero. Avrei volentieri sofferto qualunque castigo, purché gli perdonassero. E quando mi giunsero quelle urla, che dubitai essere di lui, il cuore mi s'empì di lagrime.
Invano chiesi parecchie volte di esso al custode e a' secondini. Crollavano il capo, e dicevano: «L'ha pagata cara colui... non ne farà più di simili... gode un po' più di riposo». Né volea no spiegarsi di più. Accennavano essi a prigionia ristretta in cui veniva tenuto quell'infelice, o parlavano così perch'egli fosse morto sotto le bastonate od in conseguenza di quelle?
Un giorno mi parve di vederlo, al di là del cortile, sotto il portico, con un fascio di legna sulle spalle. Il cuore mi palpitò come s'io rivedessi un fratello.

CAPO VI

Quando non fui più martirato dagl'interrogatorii, e non ebbi più nulla che occupasse le mie giornate, allora sentii amaramente il peso della solitudine.
Ben mi si permise ch'io avessi una Bibbia ed il Dante; ben fu messa a mia disposizione dal custode la sua biblioteca, consistente in alcuni romanzi di Scuderi, del Piazzi, e peggio; ma il mio spirito era troppo agitato, da potersi applicare a qualsiasi lettura. Imparava ogni giorno un canto di Dante a memoria, e questo esercizio era tuttavia sì macchinale, ch'io lo faceva pensando meno a que' versi che a' casi miei. Lo stesso mi avveniva leggendo altre cose, eccettuato alcune volte qualche passo della Bibbia. Questo divino libro ch'io aveva sempre amato molto, anche quando pareami d'essere incredulo, veniva ora da me studiato con più rispetto che mai. Se non che, ad onta del buon volere, spessissimo io lo leggea colla mente ad altro, e non capiva. A poco a poco divenni capace di meditarvi più fortemente, e di sempre meglio gustarlo.
Siffatta lettura non mi diede mai la minima disposizione alla bacchettoneria, cioè a quella divozione malintesa che rende pusillanime o fanatico. Bensì m'insegnava ad amar Dio e gli uomini, a bramare sempre più il regno della giustizia, ad abborrire l'iniquità, perdonando agl'iniqui. Il Cristianesimo, invece di disfare in me ciò che la filosofia potea avervi fatto di buono, lo confermava, lo avvalorava di ragioni più alte, più potenti.
Un giorno avendo letto che bisogna pregare incessantemente, e che il vero pregare non è borbottare molte parole alla guisa de' pagani, ma adorar Dio con semplicità, sì in parole, sì in azioni, e fare che le une e le altre sieno l'adempimento del suo santo volere, mi proposi di cominciare davvero quest'incessante preghiera: cioè di non permettermi più neppure un pensiero che non fosse animato dal desiderio di conformarmi ai decreti di Dio.
Le formole di preghiera da me recitate in adorazione furono sempre poche, non già per disprezzo (ché anzi le credo salutarissime, a chi più, a chi meno, per fermare l'attenzione nel culto), ma perché io mi sento così fatto, da non essere capace di recitarne molte senza vagare in distrazioni e porre l'idea del culto in obblio.

L'intento di stare di continuo alla presenza di Dio, invece di essere un faticoso sforzo della mente, ed un soggetto di tremore, era per me soavissima cosa. Non dimenticando che Dio è sempre vicino a noi, ch'egli è in noi, o piuttosto che noi siamo in esso, la solitudine perdeva ogni giorno più il suo orrore per me: "Non sono io in ottima compagnia?" mi andava dicendo. E mi rasserenava, e canterellava, e zufolava con piacere e con tenerezza.

"Ebbene," pensai "non avrebbe potuto venirmi una febbre e portarmi in sepoltura? Tutti i miei cari, che si sarebbero abbandonati al pianto, perdendomi, avrebbero pure acquistato a poco a poco la forza di rassegnarsi alla mia mancanza. Invece d'una tomba, mi divorò una prigione: degg'io credere che Dio non li munisca d'egual forza?"

Il mio cuore alzava i più fervidi voti per loro, talvolta con qualche lagrima; ma le lagrime stesse erano miste di dolcezza. Io aveva piena fede che Dio sosterrebbe loro e me. Non mi sono ingannato.

CAPO VII

Il vivere libero è assai più bello del vivere in carcere; chi ne dubita? Eppure anche nelle miserie d'un carcere, quando ivi si pensa che Dio è presente, che le gioie del mondo sono fugaci, che il vero bene sta nella coscienza e non negli oggetti esteriori, puossi con piacere sentire la vita. Io in meno d'un mese avea pigliato, non dirò perfettamente, ma in comportevole guisa, il mio partito. Vidi che non volendo commettere l'indegna azione di comprare l'impunità col procacciare la rovina altrui, la mia sorte non poteva essere se non il patibolo od una lunga prigionia. Era necessità adattarvisi. "Respirerò finché mi lasciano fiato" dissi "e quando me lo torranno, farò come tutti i malati allorché son giunti all'ultimo momento. Morrò."

Mi studiava di non lagnarmi di nulla, e di dare all'anima mia tutti i godimenti possibili. Il più consueto godimento si era di andarmi rinnovando l'enumerazione dei beni che avevano abbelliti i miei giorni: un ottimo padre, un'ottima madre, fratelli e sorelle eccellenti, i tali e tali amici, una buona educazione, l'amore delle lettere, ecc. Chi più di me era stato dotato di felicità? Perché non ringraziarne Iddio, sebbene ora mi fosse temperata dalla sventura? Talora facendo quell'enumerazione m'inteneriva e piangeva un istante; ma il coraggio e la letizia tornavano.

Fin da' primi giorni io aveva acquistato un amico. Non era il custode, non alcuno de' secondini, non alcuno de' signori processanti. Parlo per altro d'una creatura umana. Chi era? - Un fanciullo, sordo e muto, di cinque o sei anni. Il padre e la madre erano ladroni, e la legge li aveva colpiti. Il misero orfanello veniva mantenuto dalla Polizia con parecchi altri fanciulli della stessa condizione. Abitavano tutti in una stanza in faccia alla mia, ed a certe ore aprivasi loro la porta affinché uscissero a prender aria nel cortile.

Il sordo e muto veniva sotto la mia finestra, e mi sorrideva, e gesticolava. Io gli gettava un bel pezzo di pane: ei lo prendeva facendo un salto di gioia, correva a' suoi compagni, ne dava a tutti, e poi veniva a mangiare la sua porzioncella presso la mia finestra, esprimendo la sua gratitudine col sorriso de' suoi begli occhi.

Gli altri fanciulli mi guardavano da lontano, ma non ardìano avvicinarsi: il sordo-muto aveva una gran simpatia per me, né già per sola cagione d'interesse. Alcune volte ei non sapea che fare del pane ch'io gli gettava, e facea segni ch'egli e i suoi compagni aveano mangiato bene, e non potevano prendere maggior cibo. S'ei vedea venire un secondino nella mia stanza, ei gli dava il pane perché me lo restituisse. Benché nulla aspettasse allora da me, ei continuava a ruzzare innanzi alla finestra, con una grazia amabilissima, godendo ch'io lo vedessi. Una volta un secondino permise al fanciullo d'entrare nella mia prigione: questi, appena entrato, corse ad abbracciarmi le gambe mettendo un grido di gioia. Lo presi fra le braccia, ed è indicibile il trasporto con cui mi colmava di carezze. Quanto amore in quella cara animetta! Come avrei voluto poterlo far educare e salvarlo dall'abbiezione in che si trovava! Non ho mai saputo il suo nome. Egli stesso non sapeva di averne uno. Era sempre lieto, e non lo vidi mai piangere se non una volta che fu battuto, non so perché, dal carceriere. Cosa strana! Vivere in luoghi simili sembra il colmo dell'infortunio, eppure quel fanciullo avea certamente tanta felicità quanta possa averne a quell'età il figlio d'un principe. Io facea questa riflessione, ed imparava che

puossi rendere l'umore indipendente dal luogo. Governiamo l'immaginativa, e staremo bene quasi dappertutto. Un giorno è presto passato, e quando la sera uno si mette a letto senza fame e senza acuti dolori, che importa se quel letto è piuttosto fra mura che si chiamino prigione, o fra mura che si chiamino casa o palazzo?
Ottimo ragionamento! Ma come si fa a governare l'immaginativa? Io mi vi provava, e ben pareami talvolta di riuscirvi a meraviglia: ma altre volte la tirannia trionfava, ed io indispettito stupiva della mia debolezza.

CAPO VIII

"Nella mia sventura sono pur fortunato," diceva io "che m'abbiano data una prigione a pian terreno, su questo cortile, ove a quattro passi da me viene quel caro fanciullo, con cui converso alla muta sì dolcemente! Mirabile intelligenza umana! Quante cose ci diciamo egli ed io colle infinite espressioni degli sguardi e della fisionomia! Come compone i suoi moti con grazia, quando gli sorrido! Come li corregge quando vede che mi spiacciono! Come capisce che lo amo, quando accarezza o regala alcuno de' suoi compagni! Nessuno al mondo se lo immagina, eppure io, stando alla finestra, posso essere una specie d'educatore per quella povera creaturina. A forza di ripetere il mutuo esercizio de' segni, perfezioneremo la comunicazione delle nostre idee. Più sentirà d'istruirsi e di ingentilirsi con me, più mi s'affezionerà. Io sarò per lui il genio della ragione e della bontà; egli imparerà a confidarmi i suoi dolori, i suoi piaceri, le sue brame: io a consolarlo, a nobilitarlo, a dirigerlo in tutta la sua condotta. Chi sa che tenendosi indecisa la mia sorte di mese in mese, non mi lascino invecchiar qui? Chi sa che quel fanciullo non cresca sotto a' miei occhi, e non sia adoperato a qualche servizio in questa casa? Con tanto ingegno quanto mostra d'avere, che potrà egli riuscire? Ahimè! niente di più che un ottimo secondino o qualch'altra cosa di simile. Ebbene, non avrò io fatto buon'opera, se avrò contribuito ad ispirargli il desiderio di piacere alla gente onesta ed a se stesso, a dargli l'abitudine de' sentimenti amorevoli?"
Questo soliloquio era naturalissimo. Ebbi sempre molta inclinazione pe' fanciulli, e l'ufficio d'educatore mi parea sublime. Io adempiva simile ufficio da qualche anno verso Giacomo e Giulio Porro, due giovinetti di belle speranze ch'io amava come figli miei e come tali amerò sempre. Dio sa, quante volte in carcere io pensassi a loro! quanto m'affliggessi di non poter compiere la loro educazione! quanti ardenti voti formassi perché incontrassero un nuovo maestro che mi fosse eguale nell'amarli!
Talvolta esclamava tra me: "Che brutta parodia è questa! Invece di Giacomo e Giulio, fanciulli ornati de' più splendidi incanti che natura e fortuna possano dare, mi tocca per discepolo un poveretto, sordo, muto, stracciato, figlio d'un ladrone!... che al più diverrà secondino, il che in termine un po' meno garbato si direbbe sbirro.
Queste riflessioni mi confondeano, mi sconfortavano. Ma appena sentiva io lo strillo del mio mutolino, che mi si rimescolava il sangue, come ad un padre che sente la voce del figlio. E quello strillo e la sua vista dissipavano in me ogni idea di bassezza a suo riguardo. "E che colpa ha egli s'è stracciato e difettoso, e di razza di ladri? Un'anima umana, nell'età dell'innocenza, è sempre rispettabile." Così diceva io; e lo guardava ogni giorno più con amore, e mi parea che crescesse in intelligenza, e confermavami nel dolce divisamento d'applicarmi ad ingentilirlo; e fantasticando su tutte le possibilità, pensava che forse sarei un giorno uscito di carcere ed avrei avuto mezzo di far mettere quel fanciullo nel collegio de' sordi e muti, e di aprirgli così la via ad una fortuna più bella che d'essere sbirro.
Mentre io m'occupava così deliziosamente del suo bene, un giorno due secondini vengono a prendermi.
«Si cangia alloggio, signore.»
«Che intendete dire?»
«C'è comandato di trasportarla in un'altra camera.»
«Perché?»
«Qualch'altro grosso uccello è stato preso, e questa essendo la miglior camera... capisce bene...»
«Capisco: è la prima posa de' nuovi arrivati.»
E mi trasportarono alla parte del cortile opposta, ma, ohimè! non più a pian terreno, non più atta al

conversare col mutolino. Traversando quel cortile, vidi quel caro ragazzo seduto a terra, attonito, mesto: capì ch'ei mi perdeva. Dopo un istante s'alzò, mi corse incontro; i secondini volevano cacciarlo, io lo presi fra le braccia, e, sudicetto com'egli era, lo baciai e ribaciai con tenerezza, e mi staccai da lui - debbo dirlo? - cogli occhi grondanti di lagrime.

CAPO IX

Povero mio cuore! tu ami sì facilmente e sì caldamente, ed oh a quante separazioni sei già stato condannato! Questa non fu certo la men dolorosa; e la sentii tanto più che il nuovo mio alloggio era tristissimo. Una stanzaccia, oscura, lurida, con finestra avente non vetri alle imposte, ma carta, con pareti contaminate da goffe pitturacce di colore, non oso dir quale; e ne' luoghi non dipinti erano iscrizioni. Molte portavano semplicemente nome, cognome e patria di qualche infelice, colla data del giorno funesto della sua cattura. Altre aggiungeano esclamazioni contro falsi amici, contro se stesso, contro una donna, contro il giudice, ecc. Altre erano compendi d'autobiografia. Altre contenevano sentenze morali. V'erano queste parole di Pascal:

«Coloro che combattono la religione imparino almeno qual ella sia, prima di combatterla. Se questa religione si vantasse d'avere una veduta chiara di Dio, e di possederlo senza velo, sarebbe un combatterla il dire che non si vede niente nel mondo che lo mostri con tanta evidenza. Ma poiché dice, anzi, essere gli uomini nelle tenebre e lontani da Dio, il quale s'è nascosto alla loro cognizione, ed essere appunto il nome ch'egli si dà nelle Scritture, Deus absconditus... qual vantaggio possono essi trarre, allorché nella negligenza che professano quanto alla scienza della verità, gridano che la verità non vien loro mostrata?»

Più sotto era scritto (parole dello stesso autore):

«Non trattasi qui del lieve interesse di qualche persona straniera; trattasi di noi medesimi e del nostro tutto. L'immortalità dell'anima è cosa che tanto importa, e che toccaci sì profondamente, che bisogna aver perduto ogni senno per essere nell'indifferenza di saper che ne sia.»

Un altro scritto diceva:

«Benedico la prigione, poiché m'ha fatto conoscere l'ingratitudine degli uomini, la mia miseria, e la bontà di Dio.»

Accanto a queste umili parole erano le più violente e superbe imprecazioni d'uno che si diceva ateo, e che si scagliava contro Dio come se si dimenticasse di aver detto che non v'era Dio.

Dopo una colonna di tai bestemmie, ne seguiva una di ingiurie contro i vigliacchi, così li chiamava egli, che la sventura del carcere fa religiosi.

Mostrai quelle scelleratezze ad uno de' secondini, e chiesi chi l'avesse scritte.

«Ho piacere d'aver trovata quest'iscrizione:» disse «ve ne son tante, ed ho sì poco tempo da cercare!»

E senz'altro, diessi con un coltello a grattare il muro per farla sparire.

«Perché ciò?» dissi.

«Perché il povero diavolo che l'ha scritta, e fu condannato a morte per omicidio premeditato, se ne pentì, e mi fece pregare di questa carità.»

«Dio gli perdoni!» sclamai. «Qual omicidio era il suo?»

«Non potendo uccidere un suo nemico, si vendicò uccidendogli il figlio, il più bel fanciullo che si desse sulla terra.»

Inorridii. A tanto può giungere la ferocia? E siffatto mostro teneva il linguaggio insultante d'un uomo superiore a tutte le debolezze umane! Uccidere un innocente! un fanciullo!

CAPO X

In quella mia nuova stanza, così tetra e così immonda, privo della compagnia del caro muto, io era oppresso di tristezza.

Stava molte ore alla finestra la quale metteva sopra una galleria, e al di là della galleria vedeasi l'estremità del cortile e la finestra della mia prima stanza. Chi erami succeduto colà? Io vi vedeva un uomo che molto passeggiava colla rapidità di chi è pieno d'agitazione. Due o tre giorni dappoi, vidi che gli avevano dato da scrivere, ed allora se ne stava tutto il dì al tavolino.

Finalmente lo riconobbi. Egli usciva della sua stanza accompagnato dal custode: andava agli esami. Era Melchiorre Gioia!
Mi si strinse il cuore. "Anche tu, valentuomo, sei qui!" (Fu più fortunato di me. Dopo alcuni mesi di detenzione venne rimesso in libertà.)
La vista di qualunque creatura buona mi consola, m'affeziona, mi fa pensare. Ah! pensare ed amare sono un gran bene. Avrei dato la mia vita per salvar Gioia di carcere; eppure il vederlo mi sollevava. Dopo essere stato lungo tempo a guardarlo, a congetturare da' suoi moti se fosse tranquillo d'animo od inquieto, a far voti per lui, io mi sentiva maggior forza, maggiore abbondanza d'idee, maggior contento di me. Ciò vuol dire che lo spettacolo d'una creatura umana, alla quale s'abbia amore, basta a temprare la solitudine. M'avea dapprima recato questo benefizio un povero bambino muto, ed or me lo recava la lontana vista d'un uomo di gran merito.
Forse qualche secondino gli disse dov'io era. Un mattino, aprendo la sua finestra, fece sventolare il fazzoletto in atto di saluto. Io gli risposi collo stesso segno. Oh quale piacere mi inondò l'anima in quel momento! Mi pareva che la distanza fosse sparita, che fossimo insieme. Il cuore mi balzava come ad un innamorato che rivede l'amata. Gesticolavamo senza capirci, e colla stessa premura, come se ci capissimo: o piuttosto ci capivamo realmente; que' gesti voleano dire tutto ciò che le nostre anime sentivano, e l'una non ignorava ciò che l'altra sentisse.
Qual conforto sembravanmi dover essere in avvenire quei saluti! E l'avvenire giunse, ma que' saluti non furono più replicati! Ogni volta ch'io rivedea Gioia alla finestra, io faceva sventolare il fazzoletto. Invano! I secondini mi dissero che gli era stato proibito d'eccitare i miei gesti o di rispondervi. Bensì guardavami egli spesso, ed io guardava lui, e così ci dicevamo ancora molte cose.

CAPO XI

Sulla galleria ch'era sotto la finestra, al livello medesimo della mia prigione, passavano e ripassavano da mattina a sera altri prigionieri, accompagnati da secondini; andavano agli esami, e ritornavano. Erano per lo più gente bassa. Vidi nondimeno anche qualcheduno che parea di condizione civile. Benché non potessi gran fatto fissare gli occhi su loro, tanto era fuggevole il loro passaggio, pure attraevano la mia attenzione; tutti qual più qual meno mi commoveano. Questo triste spettacolo, a' primi giorni, accresceva i miei dolori; ma a poco a poco mi v'assuefeci, e finì per diminuire anch'esso l'orrore della mia solitudine.
Mi passavano parimente sotto gli occhi molte donne arrestate. Da quella galleria s'andava, per un voltone, sopra un altro cortile, e là erano le carceri muliebri e l'ospedale delle sifilitiche. Un muro solo, ed assai sottile, mi dividea da una delle stanze delle donne. Spesso le poverette mi assordavano colle loro canzoni, talvolta colle loro risse. A tarda sera, quando i romori erano cessati, io le udiva conversare.
Se avessi voluto entrare in colloquio, avrei potuto. Me n'astenni, non so perché. Per timidità? per alterezza? per prudente riguardo di non affezionarmi a donne degradate? Dovevano esservi questi motivi tutti tre. La donna, quando è ciò che debb'essere, è per me una creatura sì sublime! Il vederla, l'udirla, il parlarle, mi arricchisce la mente di nobili fantasie. Ma avvilita, spregevole, mi perturba, m'affligge, mi spoetizza iI cuore.
Eppure... (gli eppure sono indispensabili per dipingere l'uomo, ente sì composto) fra quelle voci femminili ve n'avea di soavi, e queste - e perché non dirlo? - m'erano care. Ed una di quelle era più soave delle altre, e s'udiva più di rado, e non proferiva pensieri volgari. Cantava poco, e per lo più questi soli due patetici versi:
Chi rende alla meschina la sua felicità?
Alcune volte cantava le litanie. Le sue compagne la secondavano, ma io aveva il dono di discernere la voce di Maddalena dalle altre, che pur troppo sembravano accanite a rapirmela.
Sì, quella disgraziata chiamavasi Maddalena. Quando le sue compagne raccontavano i loro dolori, ella compativale e gemeva, e ripeteva: «Coraggio, mia cara; il Signore non abbandona alcuno».
Chi poteva impedirmi d'immaginarmela più bella e più infelice che colpevole, nata per la virtù, capace

di ritornarvi, s'erasene scostata? Chi potrebbe biasimarmi s'io m'inteneriva udendola, s'io l'ascoltava con venerazione, s'io pregava per lei con un fervore particolare?
L'innocenza è veneranda, ma quanto lo è pure il pentimento! Il migliore degli uomini, l'uomo-Dio, sdegnava egli di porre il suo pietoso sguardo sulle peccatrici, di rispettare la loro confusione, d'aggregarle fra le anime ch'ei più onorava? Perché disprezziamo noi tanto la donna caduta nell'ignominia?
Ragionando così, fui cento volte tentato di alzar la voce e fare una dichiarazione d'amor fraterno a Maddalena. Una volta avea già cominciato la prima sillaba vocativa: «Mai!...». Cosa strana! il cuore mi batteva, come ad un ragazzo di quindici anni innamorato; e sì ch'io n'avea trentuno, che non è più l'età dei palpiti infantili.
Non potei andar avanti. Ricominciai: «Mad!... Mad!...». E fu inutile. Mi trovai ridicolo, e gridai dalla rabbia: «Matto! e non Mad!».

CAPO XII

Così finì il mio romanzo con quella poveretta. Se non che le fui debitore di dolcissimi sentimenti per parecchie settimane. Spesso io era melanconico, e la sue voce m'esilarava: spesso, pensando alla viltà ed all'ingratitudine degli uomini, io m'irritava contro loro, io disamava l'universo, e la voce di Maddalena tornava a dispormi a compassione ed indulgenza.
Possa tu, o incognita peccatrice, non essere state condannata a grave pena! Od a qualunque pena sii tu stata condannata, posse tu profittarne e rinobilitarti, e vivere e morir care al Signore! Possa tu essere compianta e rispettata da tutti quelli che ti conoscono, come lo fosti da me che non ti conobbi! Possa tu ispirare, in ognuno che ti vegga, la pazienza, la dolcezza, la brama della virtù, la fiducia in Dio, come le ispiravi in colui che ti amò senza vederti! La mia immaginativa può errare figurandoti bella di corpo, ma l'anima tua, ne son certo, era bella. Le tue compagne parlavano grossolanamente, e tu con pudore e gentilezza; bestemmiavano, e tu benedicevi Dio; garrivano, e tu componevi le loro liti. Se alcuno t'ha porto la mano per sottrarti dalla carriera del disonore, se t'ha beneficata con delicatezza, se ha asciugate le tue lagrime, tutte le consolazioni piovano su lui, su' suoi figli, e sui figli de' suoi figli!
Contigua alla mia, era una prigione abitata da parecchi uomini. Io li udiva anche parlare. Uno di loro superava gli altri in autorità, non forse per maggiore finezza di condizione, ma per maggior facondia ed audacia. Questi facea, come si dice, il dottore. Rissava e metteva in silenzio i contendenti coll'imperiosità della voce e colla foga delle parole; dettava loro ciò che doveano pensare e sentire, e quelli, dopo qualche renitenza, finivano per dargli ragione in tutto.
Infelici! non uno di loro che temperasse le spiacevolezze della prigione esprimendo qualche soave sentimento, qualche poco di religione e d'amore!
Il caporione di que' vicini mi salutò, e risposi. Mi chiese come io passassi quella maledetta vita. Gli dissi che, sebben trista, niuna vita era maledetta per me, e che, sino alla morte, bisognava procacciar di godere il piacer di pensare e d'amare.
«Si spieghi, signore, si spieghi.»
Mi spiegai, e non fui capito. E quando, dopo ingegnose ambagi preparatorie, ebbi il coraggio d'accennare, come esempio, la tenerezza carissima che in me veniva destata dalla voce di Maddalena, il caporione diede in una grandissima risata.
«Che cos'è? che cos'è?» gridarono i suoi compagni. Il profano ridisse con caricature le mie parole, e le risate scoppiarono in coro, ed io feci lì pienamente la figure dello sciocco.
Avviene in prigione come nel mondo. Quelli che pongono la lor saviezza nel fremere, nel lagnarsi, nel vilipendere, credono follia il compatire, l'amare, il consolarsi con belle fantasie che onorino l'umanità ed il suo Autore.
.

CAPO XIII

Lasciai ridere, e non opposi sillaba. I vicini mi diressero due o tre volte la parole; io stetti zitto.
«Non sarà più alla finestra... se ne sarà ito... tenderà l'orecchio ai sospiri di Maddalena... si sarà offeso

delle nostre risa.»
Così andarono dicendo per un poco. E finalmente il caporione impose silenzio agli altri che susurravano sul mio conto.
«Tacete, bestioni, che non sapete quel che diavolo vi dite. Qui il vicino non è un sì grand'asino come credete. Voi non siete capaci di riflettere su niente. Io sghignazzo, ma poi rifletto, io. Tutti i villani mascalzoni sanno far gli arrabbiati, come facciamo noi. Un po' più di dolce allegria, un po' più di carità, un po' più di fede ne' benefizi del Cielo, di che cosa vi pare sinceramente che sia indizio?»
«Or che ci rifletto anch'io,» rispose uno «mi pare che sia indizio d'essere alquanto meno mascalzone.»
«Bravo!» gridò il caporione con urlo stentoreo «questa volta torno ad aver qualche stima della tua zucca.»i
Io non insuperbiva molto d'essere solamente reputato alquanto meno mascalzone di loro; eppure provava una specie di gioia, che que' disgraziati si ricredessero circa l'importanza di coltivare i sentimenti benevoli.
Mossi l'imposta della finestra, come se tornassi allora. Il caporione mi chiamò. Risposi, sperando che avesse voglia di moralizzare a modo mio. M'ingannai. Gli spiriti volgari sfuggono i ragionamenti serii: se una nobile verità traluce loro, sono capaci di applaudirla un istante, ma tosto dopo ritorcono da essa lo sguardo, e non resistono alla libidine d'ostentar senno ponendo quella verità in dubbio e scherzando.
Mi chiese poscia s'io era in prigione per debiti.
«No.»
«Forse accusato di truffa? Intendo accusato falsamente sa.»
«Sono accusato di tutt'altro.»
«Di cose d'amore?»
«No.»
«D'omicidio?»
«No.»
«Di carboneria?»
«Appunto.»
«E che sono questi carbonari?»
«Li conosco così poco che non saprei dirvelo.»
Un secondino c'interruppe con gran collera, e dopo d'aver colmato d'improperii i miei vicini si volse a me colla gravità non d'uno sbirro, ma d'un maestro, e disse: «Vergogna, signore! degnarsi di conversare con ogni sorta di gente! Sa ella che costoro son ladri?».
Arrossii e poi arrossii d'aver arrossito, e mi parve che il degnarsi di conversare con ogni specie d'infelici sia piuttosto bontà che colpa.

CAPO XIV

Il mattino seguente andai alla finestra per vedere Melchiorre Gioia, ma non conversai più co' ladri. Risposi al loro saluto, e dissi che m'era vietato di parlare.
Venne l'attuario che m'avea fatto gl'interrogatorii, e m'annunciò con mistero una visita che m'avrebbe recato piacere. E quando gli parve d'avermi abbastanza preparato disse: «Insomma, è suo padre; si compiaccia di seguirmi».
Lo seguii abbasso negli uffici, palpitando di contento e di tenerezza, e sforzandomi d'avere un aspetto sereno che tranquillasse il mio povero padre.
Allorché avea saputo il mio arresto, egli avea sperato che ciò fosse per sospetti da nulla, e ch'io tosto uscissi. Ma vedendo che la detenzione durava, era venuto a sollecitare il Governo austriaco per la mia liberazione. Misere illusioni dell'amor paterno! Ei non poteva credere ch'io fossi stato così temerario da espormi al rigor delle leggi, e la studiata ilarità con che gli parlai lo persuase ch'io non aveva sciagure a temere.
Il breve colloquio che ci fu conceduto m'agitò indicibilmente; tanto più ch'io reprimeva ogni apparenza d'agitazione. Il più difficile fu di non manifestarla quando convenne separarci.

Nelle circostanze in cui era l'Italia, io tenea per fermo che l'Austria avrebbe dato esempi straordinarii di rigore, e ch'io sarei stato condannato a morte od a molti anni di prigionia. Dissimulare questa credenza ad un padre! lusingarlo colla dimostrazione di fondate speranze di prossima libertà! non prorompere in lagrime abbracciandolo, parlandogli della madre, de' fratelli e delle sorelle, ch'io pensava non riveder più mai sulla terra! pregarlo con voce non angosciata che venisse ancora a vedermi, se poteva! Nulla mai mi costò tanta violenza.

Egli si divise consolatissimo da me, ed io tornai nel mio carcere col cuore straziato. Appena mi vidi solo, sperai di potermi sollevare abbandonandomi al pianto. Questo sollievo mi mancò. Io scoppiava in singhiozzi, e non potea versare una lagrima. La disgrazia di non piangere è una delle più crudeli ne' sommi dolori, ed oh quante volte l'ho provata!

Mi prese una febbre ardente con fortissimo mal di capo. Non inghiottii un cucchiaio di minestra in tutto il giorno. "Fosse questa una malattia mortale" diceva io "che abbreviasse i miei martirii!"

Stolta e codarda brama! Iddio non l'esaudì, ed or ne lo ringrazio. E ne lo ringrazio, non solo perché dopo dieci anni di carcere ho riveduto la mia cara famiglia e posso dirmi felice; ma anche perché i patimenti aggiungono valore all'uomo, e voglio sperare che non sieno stati inutili per me.

CAPO XV

Due giorni appresso, mio padre tornò. Io aveva dormito bene la notte, ed era senza febbre. Mi ricomposi a disinvolte e liete maniere, e niuno dubitò di ciò che il mio cuore avesse sofferto e soffrisse ancora.

«Confido» mi disse il padre «che fra pochi giorni sarai mandato a Torino. Già t'abbiamo apparecchiata la stanza, e t'aspettiamo con grande ansietà. I miei doveri d'impiego mi obbligano a ripartire. Procura, te ne prego, procura di raggiungermi presto.»

La sua tenera e melanconica amorevolezza mi squarciava l'anima. Il fingere mi pareva comandato da pietà, eppure io fingeva con una specie di rimorso. Non sarebbe stata cosa più degna di mio padre e di me, s'io gli avessi detto: "Probabilmente non ci vedremo più in questo mondo! Separiamoci da uomini, senza mormorare, senza gemere; e ch'io oda pronunciare sul mio capo la paterna benedizione"?

Questo linguaggio mi sarebbe mille volte più piaciuto della finzione. Ma io guardava gli occhi di quel venerando vecchio, i suoi lineamenti, i suoi grigi capelli, e non mi sembrava che l'infelice potesse aver la forza d'udire tai cose.

E se per non volerlo ingannare io l'avessi veduto abbandonarsi alla disperazione, forse svenire, forse (orribile idea!) essere colpito da morte nelle mie braccia?

Non potei dirgli il vero, né lasciarglielo tralucere! La mia foggiata serenità lo illuse pienamente. Ci dividemmo senza lagrime. Ma ritornato nel carcere, fui angosciato come l'altra volta, o più fieramente ancora; ed invano pure invocai il dono del pianto.

Rassegnarmi a tutto l'orrore d'una lunga prigionia, rassegnarmi al patibolo, era nella mia forza. Ma rassegnarmi all'immenso dolore che ne avrebbero provato padre, madre, fratelli e sorelle, ah! questo era quello a cui la mia forza non bastava.

Mi prostrai allora in terra con un fervore quale io non aveva mai avuto si forte, e pronunciai questa preghiera:

«Mio Dio, accetto tutto dalla tua mano; ma invigorisci sì prodigiosamente i cuori a cui io era necessario, ch'io cessi d'esser loro tale, e la vita d'alcun di loro non abbia perciò ad abbreviarsi pur d'un giorno!»

Oh beneficio della preghiera! Stetti più ore colla mente elevata a Dio, e la mia fiducia cresceva a misura ch'io meditava sulla bontà divina, a misura ch'io meditava sulla grandezza dell'anima umana, quando esce del suo egoismo e si sforza di non aver più altro volere che il volere dell'infinita Sapienza.

Sì, ciò si può! ciò è il dovere dell'uomo! La ragione, che è la voce di Dio, la ragione ne dice che bisogna tutto sacrificare alla virtù. E sarebbe compiuto il sacrificio di cui siamo debitori alla virtù, se nei casi più dolorosi luttassimo contro il volere di Colui che d'ogni virtù è il principio?

Quando il patibolo o qualunque altro martirio è inevitabile, il temerlo codardamente, il non saper muovere ad esso benedicendo il Signore, è segno di miserabile degradazione od ignoranza. Ed è non solamente d'uopo consentire alla propria morte, ma all'afflizione che ne proveranno i nostri cari. Altro non lice se non dimandare che Dio la temperi, che Dio tutti ci regga: tal preghiera è sempre esaudita.

CAPO XVI

Volsero alcuni giorni, ed io era nel medesimo stato; cioè in una mestizia dolce, piena di pace e di pensieri religiosi. Pareami d'aver trionfato d'ogni debolezza, e di non essere più accessibile ad alcuna inquietudine. Folle illusione! L'uomo dee tendere alla perfetta costanza, ma non vi giunge mai sulla terra. Che mi turbò? La vista d'un amico infelice; la vista del mio buon Piero, che passò pochi palmi di distanza da me, sulla galleria, mentr'io era alla finestra. L'aveano tratto dal suo covile per condurlo alle carceri criminali.

Egli, e coloro che l'accompagnavano, passarono così presto, che appena ebbi campo a riconoscerlo, a vedere un suo cenno di saluto, ed a restituirglielo.

Povero giovane! Nel fiore dell'età, con un ingegno di splendide speranze, con un carattere onesto, delicato, amantissimo, fatto per godere gloriosamente della vita, precipitato in prigione per cose politiche, in tempo da non poter certamente evitare i più severi fulmini della legge!

Mi prese tal compassione di lui, tale affanno di non poterlo redimere, di non poterlo almeno confortare colla mia presenza e colle mie parole, che nulla valeva a rendermi un poco di calma. Io sapeva quant'egli amasse sua madre, suo fratello, le sue sorelle, il cognato, i nipotini; quant'egli agognasse contribuire alla loro felicità, quanto fosse riamato da tutti quei cari oggetti. Io sentiva qual dovesse essere l'afflizione di ciascun di loro a tanta disgrazia. Non vi sono termini per esprimere la smania che allora s'impadroni di me. E questa smania si prolungò cotanto, ch'io disperava di più sedarla.

Anche questo spavento era un'illusione. O afflitti, che vi credete preda d'un ineluttabile, orrendo, sempre crescente dolore, pazientate alquanto, e vi disingannerete! Né somma pace, né somma inquietudine possono durare quaggiù. Conviene persuadersi di questa verità, per non insuperbire nelle ore felici e non avvilirsi in quelle del perturbamento.

A lunga smania successe stanchezza ed apatia. Ma l'apatia neppure non è durevole, e temetti di dover, quindi in poi, alternare senza rifugio tra questa e l'opposto eccesso. Inorridii alla prospettiva di simile avvenire, e ricorsi anche questa volta ardentemente alla preghiera.

Io dimandai a Dio d'assistere il mio misero Pietro come me, e la sua casa come la mia. Solo ripetendo questi voti potei veramente tranquillarmi.

CAPO XVII

Ma quando l'animo era quetato io rifletteva alle smanie sofferte, e adirandomi della mia debolezza, studiava il modo di guarirne. Giovommi a tal uopo questo espediente. Ogni mattina mia prima occupazione, dopo breve omaggio al Creatore, era il fare una diligente e coraggiosa rassegna d'ogni possibile evento atto a commuovermi. Su ciascuno fermava vivamente la fantasia, e mi vi preparava: dalle più care visite, fino alla visita del carnefice, io le immaginava tutte. Questo tristo esercizio sembrava per alcuni giorni incomportevole, ma volli essere perseverante, ed in breve ne fui contento.

Al primo dell'anno (1821) il conte Luigi Porro ottenne di venirmi a vedere. La tenera e calda amicizia ch'era tra noi, il bisogno che avevamo di dirci tante cose, l'impedimento che a questa effusione era posto dalla presenza d'un attuario, il troppo breve tempo che ci fu dato di stare insieme, i sinistri presentimenti che mi angosciavano, lo sforzo che facevamo egli ed io di parer tranquilli, tutto ciò parea dovermi mettere una delle più terribili tempeste nel cuore. Separato da quel caro amico, mi sentii in calma; intenerito, ma in calma.

Tale è l'efficacia del premunirsi contro le forti emozioni.

Il mio impegno di acquistare una calma costante non movea tanto dal desiderio di diminuire la mia infelicità, quanto dall'apparirmi brutta, indegna dell'uomo, l'inquietudine. Una mente agitata non ragiona più: avvolta fra un turbine irresistibile d'idee esagerate, si forma una logica sciocca, furibonda, maligna: è in uno stato assolutamente antifilosofico, anticristiano.

S'io fossi predicatore, insisterei spesso sulla necessità di bandire l'inquietudine: non si può esser buono

ad altro patto. Com'era pacifico con sé e cogli altri Colui che dobbiamo tutti imitare! Non v'è grandezza d'animo, non v'è giustizia senza idee moderate, senza uno spirito tendente più a sorridere che ad adirarsi degli avvenimenti di questa breve vita. L'ira non ha qualche valore se non nel caso rarissimo che sia presumibile d'umiliare con essa un malvagio e di ritrarlo dall'iniquità.
Forse si dànno smanie di natura diversa da quelle ch'io conosco, e meno condannevoli. Ma quella che m'aveva fin allora fatto suo schiavo, non era una smania di pura afflizione: vi si mescolava sempre molto odio, molto prurito di maledire, di dipingermi la società o questi o quegli individui coi colori più esecrabili. Malattia epidemica nel mondo! L'uomo si reputa migliore, abborrendo gli altri. Pare che tutti gli amici si dicano all'orecchio: «Amiamoci solamente fra noi; gridando che tutti sono ciurmaglia, sembrerà che siamo semidei».
Curioso fatto, che il vivere arrabbiato piaccia tanto! Vi si pone una specie d'eroismo. Se l'oggetto contro cui ieri si fremeva è morto, se ne cerca subito un altro. «Di chi mi lamenterò oggi? chi odierò? sarebbe mai quello il mostro?... Oh gioia! l'ho trovato. Venite, amici, laceriamolo!»
Così va il mondo: e, senza lacerarlo, posso ben dire che va male.

CAPO XVIII

Non v'era molta malignità nel lamentarmi dell'orridezza della stanza ove m'aveano posto. Per buona ventura, restò vota una migliore, e mi si fece l'amabile sorpresa di darmela.
Non avrei io dovuto esser contentissimo a tale annunzio? Eppure... Tant'è; non ho potuto pensare a Maddalena senza rincrescimento. Che fanciullaggine! affezionarsi sempre a qualche cosa, anche con motivi, per verità, non molto forti! Uscendo di quella cameraccia, voltai indietro lo sguardo, verso la parete alla quale io m'era sì sovente appoggiato, mentre, forse un palmo più in là, vi s'appoggiava dal lato opposto la misera peccatrice. Avrei voluto sentire ancora una volta que' due patetici versi:
Chi rende alla meschina
la sua felicità?
Vano desiderio! Ecco una separazione di più nella mia sciagurata vita. Non voglio parlarne lungamente, per non far ridere di me; ma sarei un ipocrita se non confessassi che ne fui mesto per più giorni.
Nell'andarmene, salutai due de' poveri ladri, miei vicini, ch'erano alla finestra. Il caporione non v'era, ma avvertito dai compagni v'accorse, e mi risalutò anch'egli. Si mise quindi a cantarellare l'aria: «Chi rende alla meschina...». Voleva egli burlarsi di me? Scommetto che se facessi questa dimanda a cinquanta persone, quarantanove risponderebbero: «Sì». Ebbene, ad onta di tanta pluralità di voti, inclino a credere che il buon ladro intendea di farmi una gentilezza. Io la ricevetti come tale, e gliene fui grato, e gli diedi ancora un'occhiata: ed egli, sporgendo il braccio fuori de' ferri col berretto in mano, faceami ancor cenno allorch'io voltava per discendere la scala.
Quando fui nel cortile, ebbi una consolazione. V'era il mutolino sotto il portico. Mi vide, mi riconobbe, e volea corrermi incontro. La moglie del custode, chi sa perché? l'afferrò pel collare e lo cacciò in casa. Mi spiacque di non poterlo abbracciare, ma i saltetti ch'ei fece per correre a me mi commossero deliziosamente. È cosa sì dolce l'essere amato!
Era giornata di grandi avventure. Due passi più in là, mossi vicino alla finestra della stanza già mia, e nella quale ora stava Gioia. «Buon giorno, Melchiorre!» gli dissi passando. Alzò il capo, e balzando verso me, gridò: «Buon giorno, Silvio!»
Ahi! non mi fu dato di fermarmi un istante. Voltai sotto il portone, salii una scaletta, e venni posto in una cameruccia pulita, al di sopra di quella di Gioia.
Fatto portare il letto, e lasciato solo dai secondini, mio primo affare fu di visitare i muri. V'erano alcune memorie scritte, quali con matita, quali con carbone, quali con punta incisiva. Trovai graziose due strofe francesi, che or m'incresce di non avere imparate a memoria. Erano firmate Le duc de Normandie. Presi a cantarle, adattandovi alla meglio l'aria della mia povera Maddalena: ma ecco una voce vicinissima che le ricanta con altr'aria. Com'ebbe finito, gli gridai: «Bravo!». Ed egli mi salutò gentilmente, chiedendomi s'io era Francese.
«No; sono Italiano, e mi chiamo Silvio Pellico.»

«L'autore della Francesca da Rimini?»
«Appunto.»
E qui un gentile complimento, e le naturali condoglianze sentendo ch'io fossi in carcere.
Mi dimandò di qual parte d'Italia fossi nativo.
«Di Piemonte,» dissi «sono Saluzzese.»
E qui nuovo gentile complimento sul carattere e sull'ingegno de' Piemontesi, e particolare menzione de' valentuomini Saluzzesi, e in ispecie di Bodoni.
Quelle poche lodi erano fine, come si fanno da persona di buona educazione.
«Or mi sia lecito» gli dissi «di chiedere a voi, signore, chi siete.»
«Avete cantata una mia canzoncina.»
«Quelle due belle strofette che stanno sul muro, sono vostre?»
«Sì, signore.»
«Voi siete dunque...»
«L'infelice duca di Normandia.»

CAPO XIX

Il custode passava sotto le nostre finestre, e ci fece tacere
"Quale infelice duca di Normandia?" andava io ruminando. "Non è questo il titolo che davasi al figlio di Luigi XVI? Ma quel povero fanciullo è indubitatamente morto. Ebbene, il mio vicino sarà uno dei disgraziati che si sono provati a farlo rivivere. Già parecchi si spacciarono per Luigi XVII, e furono riconosciuti impostori: qual maggior credenza dovrebbe questi ottenere?"
Sebbene io cercassi di stare in dubbio, un'invincibile incredulità prevaleva in me, ed ognor continuò a prevalere. Nondimeno determinai di non mortificare l'infelice, qualunque frottola fosse per raccontarmi.
Pochi istanti dappoi, ricominciò a cantare, indi ripigliammo la conversazione.
Alla mia dimanda sull'esser suo, rispose ch'egli era appunto Luigi XVII, e si diede a declamare con forza contro Luigi XVIII, suo zio, usurpatore de' suoi diritti.
«Ma questi diritti, come non li faceste valere al tempo della Ristorazione?»
«Io mi trovava allora mortalmente ammalato a Bologna. Appena risanato, volai a Parigi, mi presentai alle Alte Potenze, ma quel ch'era fatto era fatto: l'iniquo mio zio non volle riconoscermi; mia sorella s'unì a lui per opprimermi. Il solo buon principe di Condé m'accolse a braccia aperte, ma la sua amicizia nulla poteva. Una sera, per le vie di Parigi, fui assalito da sicarii armati di pugnali, ed a stento mi sottrassi a' loro colpi. Dopo aver vagato qualche tempo in Normandia, tornai in Italia, e mi fermai a Modena. Di lì, scrivendo incessantemente ai monarchi d'Europa, e particolarmente all'imperatore Alessandro, che mi rispondea colla massima gentilezza, io non disperava d'ottenere finalmente giustizia, o se, per politica, voleano sacrificare i miei diritti al trono di Francia, che almeno mi s'assegnasse un decente appannaggio. Venni arrestato, condotto ai confini del ducato di Modena, e consegnato al Governo austriaco. Or, da otto mesi, sono qui sepolto, e Dio sa quando uscirò!»
Non prestai fede a tutte le sue parole. Ma ch'ei fosse lì sepolto era una verità, e m'ispirò una viva compassione.
Lo pregai di raccontarmi in compendio la sua vita. Mi disse con minutezza tutti i particolari ch'io già sapeva intorno Luigi XVII, quando lo misero collo scellerato Simon, calzolaio; quando lo indussero ad attestare un'infame calunnia contro i costumi della povera regina sua madre, ecc., ecc. E finalmente, che essendo in carcere, venne gente una notte a prenderlo; un fanciullo stupido per nome Mathurin fu posto in sua vece, ed ei fu trafugato. V'era nella strada una carrozza a quattro cavalli, ed uno de' cavalli era una macchina di legno, nella quale ei fu celato. Andarono felicemente al Reno, e passati i confini, il generale... (mi disse il nome, ma non me lo ricordo) che l'avea liberato gli fece per qualche tempo da educatore, da padre; lo mandò o condusse quindi in America. Là il giovine re senza regno ebbe molte peripezie, patì la fame ne' deserti, militò, visse onorato e felice alla corte del re del Brasile, fu calunniato, perseguitato, costretto a fuggire. Tornò in Europa in sul finire dell'impero napoleonico; fu

tenuto prigione a Napoli da Giovacchino Murat, e quando si rivide libero ed in procinto di reclamare il trono di Francia, lo colpì a Bologna quella funesta malattia, durante la quale Luigi XVIII fu incoronato.

CAPO XX

Ei raccontava questa storia con una sorprendente aria di verità. Io, non potendo crederlo, pur l'ammirava. Tutti i fatti della rivoluzione francese gli erano notissimi; ne parlava con molta spontanea eloquenza, e riferiva ad ogni proposito aneddoti curiosissimi. V'era alcun che di soldatesco nel suo dire, ma senza mancare di quella eleganza ch'è data dall'uso della fina società.

«Mi permetterete» gli dissi «ch'io vi tratti alla buona, ch'io non vi dia titoli.»

«Questo è ciò che desidero» rispose. «Dalla sventura ho almeno tratto questo guadagno, che so sorridere di tutte le vanità. V'assicuro che mi pregio più d'esser uomo che d'esser re.»

Mattina e sera, conversavamo lungamente insieme; e, ad onta di ciò ch'io reputava esser commedia in lui, l'anima sua mi pareva buona, candida, desiderosa d'ogni bene morale. Più volte fui per dirgli: "Perdonate, io vorrei credere che foste Luigi XVII, ma sinceramente vi confesso che la persuasione contraria domina in me, abbiate tanta franchezza da rinunciare a questa finzione". E ruminava tra me una bella predicuccia da fargli sulla vanità d'ogni bugia, anche delle bugie che sembrano innocue.

Di giorno in giorno differiva; sempre aspettava che l'intimità nostra crescesse ancora di qualche grado, e mai non ebbi ardire d'eseguire il mio intento.

Quando rifletto a questa mancanza d'ardire, talvolta la scuso come urbanità necessaria, onesto timore d'affliggere, e che so io. Ma queste scuse non m'accontentano, e non posso dissimulare che sarei più soddisfatto di me se non mi fossi tenuta nel gozzo l'ideata predicuccia. Fingere di prestar fede ad una impostura, è pusillanimità: parmi che nol farei più.

Sì, pusillanimità! Certo, che per quanto s'involva in delicati preamboli, è aspra cosa il dire ad uno: «Non vi credo». Ei si sdegnerà, perderemo il piacere della sua amicizia, ci colmerà forse d'ingiurie. Ma ogni perdita è più onorevole del mentire. E forse il disgraziato che ci colmerebbe d'ingiurie vedendo che una sua impostura non è creduta, ammirerebbe poscia in secreto la nostra sincerità, e gli sarebbe motivo di riflessioni che il ritrarrebbero a miglior via.

I secondini inclinavano a credere ch'ei fosse veramente Luigi XVII, ed avendo già veduto tante mutazioni di fortune, non disperavano che costui non fosse per ascendere un giorno al trono di Francia e si ricordasse della loro devotissima servitù. Tranne il favorire la sua fuga, gli usavano tutti i riguardi ch'ei desiderava.

Fui debitore a ciò, dell'onore di vedere il gran personaggio. Era di statura mediocre, dai quaranta ai quarantacinque anni, alquanto pingue, e di fisionomia propriamente borbonica. Egli è verosimile che un'accidentale somiglianza coi Borboni l'abbia indotto a rappresentare quella trista parte.

CAPO XXI

D'un altro indegno rispetto umano bisogna ch'io m'accusi. Il mio vicino non era ateo, ed anzi parlava talvolta dei sentimenti religiosi come uomo che li apprezza e non v'è straniero; ma serbava tuttavia molte prevenzioni irragionevoli contro il Cristianesimo, il quale ei guardava meno nella sua vera essenza, che nei suoi abusi. La superficiale filosofia che in Francia precedette e seguì la rivoluzione, l'aveva abbagliato. Gli pareva che si potesse adorar Dio con maggior purezza, che secondo la religione del Vangelo. Senza aver gran cognizione di Condillac e di Tracy, li venerava come sommi pensatori, e s'immaginava che quest'ultimo avesse dato il compimento a tutte le possibili indagini metafisiche.

Io che aveva spinto più oltre i miei studi filosofici, che sentiva la debolezza della dottrina sperimentale, che conosceva i grossolani errori di critica con cui il secolo di Voltaire aveva preso a voler diffamare il Cristianesimo; io che avea letto Guénée ed altri valenti smascheratori di quella falsa critica; io ch'era persuaso non potersi con rigore di logica ammettere Dio e ricusare il Vangelo; io che trovava tanto volgar cosa il seguire la corrente delle opinioni anticristiane e non sapersi elevare a conoscere quanto il cattolicismo, non veduto in caricatura, sia semplice e sublime; io ebbi la viltà di sacrificare al rispetto umano. Le facezie del mio vicino mi confondevano, sebbene non potesse sfuggirmi la loro leggerezza. Dissimulai la mia credenza, esitai, riflettei se fosse o no tempestivo il contraddire, mi dissi ch'era

inutile, e volli persuadermi d'essere giustificato.
Viltà! viltà! Che importa il baldanzoso vigore d'opinioni accreditate, ma senza fondamento? È vero che uno zelo intempestivo è indiscrezione, e può maggiormente irritare chi non crede. Ma il confessare con franchezza, e modestia ad un tempo, ciò che fermamente si tiene per importante verità, il confessarlo anche laddove non è presumibile d'essere approvato, né d'evitare un poco di scherno, egli è preciso dovere. E siffatta nobile confessione può sempre adempirsi, senza prendere inopportunamente il carattere di missionario.
Egli è dovere di confessare un'importante verità in ogni tempo, perocché se non è sperabile che venga subito riconosciuta, può pure dare tal preparamento all'anima altrui, il quale produca un giorno maggiore imparzialità di giudizi ed il conseguente trionfo della luce.

CAPO XXII

Stetti in quella stanza un mese e qualche dì. La notte dai 18 ai 19 di febbraio (1821) sono svegliato da romore di catenacci e di chiavi; vedo entrare parecchi uomini con lanterna: la prima idea che mi si presentò, fu che venissero a scannarmi. Ma mentre io guardava perplesso quelle figure, ecco avanzarsi gentilmente il conte B., il quale mi dice ch'io abbia la compiacenza di vestirmi presto per partire.
Quest'annunzio mi sorprese, ed ebbi la follia di sperare che mi si conducesse ai confini del Piemonte. Possibile che sì gran tempesta si dileguasse così? Io racquisterei ancora la dolce libertà? Io rivedrei i miei carissimi genitori, i fratelli, le sorelle?
Questi lusinghevoli pensieri m'agitarono brevi istanti. Mi vestii con grande celerità, e seguii i miei accompagnatori senza pur poter salutare ancora il mio vicino. Mi pare d'aver udito la sua voce, e m'increbbe di non potergli rispondere.
«Dove si va?» dissi al conte, montando in carrozza con lui e con un uffiziale di gendarmeria.
«Non posso significarglielo finché non siamo un miglio al di là di Milano.»
Vidi che la carrozza non andava verso porta Vercellina, e le mie speranze furono svanite!
Tacqui. Era una bellissima notte con lume di luna. Io guardava quelle care vie, nelle quali io aveva passeggiato tanti anni così felice; quelle case, quelle chiese. Tutto mi rinnovava mille soavi rimembranze.
Oh corsia di porta Orientale! Oh pubblici giardini, ov'io avea tante volte vagato con Foscolo, con Monti, con Lodovico di Breme, con Pietro Borsieri, con Porro e co' suoi figliuoli, con tanti altri diletti mortali, conversando in sì gran pienezza di vita e di speranze! Oh come nel dirmi ch'io vi vedeva per l'ultima volta, oh come al vostro rapido fuggire a' miei sguardi, io sentiva d'avervi amato e d'amarvi!
Quando fummo usciti dalla porta, tirai alquanto il cappello sugli occhi, e piansi, non osservato.
Lasciai passare più d'un miglio, poi dissi al conte B.:
«Suppongo che si vada a Verona.»
«Si va più in là;» rispose «andiamo a Venezia, ove debbo consegnarla ad una Commissione speciale.»
Viaggiammo per posta senza fermarci, e giungemmo il 20 febbraio a Venezia.
Nel settembre dell'anno precedente, un mese prima che m'arrestassero, io era a Venezia, ed aveva fatto un pranzo in numerosa e lietissima compagnia all'albergo della Luna. Cosa strana! Sono appunto dal conte e dal gendarme condotto all'albergo della Luna.
Un cameriere strabiliò vedendomi, ed accorgendosi (sebbene il gendarme e i due satelliti, che faceano figura di servitori, fossero travestiti) ch'io era nelle mani della forza. Mi rallegrai di quest'incontro, persuaso che il cameriere parlerebbe del mio arrivo a più d'uno.
Pranzammo, indi fui condotto al palazzo del Doge, ove ora sono i tribunali. Passai sotto quei cari portici delle Procuratie ed innanzi al caffè Florian, ov'io avea goduto sì belle sere nell'autunno trascorso: non m'imbattei in alcuno de' miei conoscenti.
Si traversa la piazzetta... E su quella piazzetta, nel settembre addietro, un mendico mi avea detto queste singolari parole «Si vede ch'ella è forestiero, signore; ma io non capisco com'ella e tutti i forestieri ammirino questo luogo: per me è un luogo di disgrazia, e vi passo unicamente per necessità».
«Vi sarà qui accaduto qualche malanno?»

«Sì, signore; un malanno orribile, e non a me solo. Iddio la scampi, signore, Iddio la scampi!»
E se n'andò in fretta.
Or, ripassando io colà, era impossibile che non mi sovvenissero le parole del mendico. E fu ancora su quella piazzetta, che l'anno seguente io ascesi il palco donde intesi leggermi la sentenza di morte e la commutazione di questa pena in quindici anni di carcere duro!
S'io fossi testa un po' delirante di misticismo, farei gran caso di quel mendico, predicentemi così energicamente esser quello un luogo di disgrazia. Io non noto questo fatto se non come uno strano accidente.
Salimmo al palazzo; il conte B. parlò co' giudici, indi mi consegnò al carceriere, e, congedandosi da me, m'abbracciò intenerito.

CAPO XXIII

Seguii in silenzio il carceriere. Dopo aver traversato parecchi ànditi e parecchie sale, arrivammo ad una scaletta che ci condusse sotto i Piombi, famose prigioni di Stato fin dal tempo della Repubblica Veneta. Ivi il carceriere prese registro del mio nome, indi mi chiuse nella stanza destinatami.
I così detti Piombi sono la parte superiore del già palazzo del Doge, coperta tutta di piombo.
La mia stanza avea una gran finestra, con enorme inferriata, e guardava sul tetto parimente di piombo della chiesa di San Marco. Al di là della chiesa, io vedeva in lontananza il termine della piazza, e da tutte parti un'infinità di cupole e di campanili. Il gigantesco campanile di San Marco era solamente separato da me dalla lunghezza della chiesa, ed io udiva coloro che in cima di esso parlavano alquanto forte. Vedevasi anche, al lato sinistro della chiesa, una porzione del gran cortile del palazzo ed una delle entrate. In quella porzione di cortile sta un pozzo pubblico, ed ivi continuamente veniva gente a cavare acqua. Ma la mia prigione essendo così alta, gli uomini laggiù mi parevano fanciulli, ed io non discerneva le loro parole se non quando gridavano. Io mi trovava assai più solitario che non era nelle carceri di Milano.
Ne' primi giorni le cure del processo criminale che dalla Commissione speciale mi veniva intentato m'attristarono alquanto, e vi s'aggiungea forse quel penoso sentimento di maggior solitudine. Inoltre io era più lontano dalla mia famiglia, e non avea più di essa notizie. Le facce nuove ch'io vedeva non m'erano antipatiche, ma serbavano una serietà quasi spaventata. La fama aveva esagerato loro le trame dei Milanesi e del resto d'Italia per l'indipendenza, e dubitavano ch'io fossi uno dei più imperdonabili motori di quel delirio. La mia piccola celebrità letteraria era nota al custode, a sua moglie, alla figlia, ai due figli maschi, e persino ai due secondini: i quali tutti, chi sa che non s'immaginassero che un autore di tragedie fosse una specie di mago?
Erano serii, diffidenti, avidi ch'io loro dessi maggior contezza di me, ma pieni di garbo.
Dopo i primi giorni si mansuefecero tutti, e li trovai buoni. La moglie era quella che più manteneva il contegno ed il carattere di carceriere. Era una donna di viso asciutto asciutto, verso i quarant'anni, di parole asciutte asciutte, non dante il minimo segno d'essere capace di qualche benevolenza ad altri che ai suoi figli.
Solea portarmi il caffè, mattina e dopo pranzo, acqua, biancheria, ecc. La seguivano ordinariamente sua figlia, fanciulla di quindici anni, non bella ma di pietosi sguardi, e i due figliuoli, uno di tredici, l'altro di dieci. Si ritiravano quindi colla madre, ed i tre giovani sembianti si rivoltavano dolcemente a guardarmi chiudendo la porta. Il custode non veniva da me se non quando aveva da condurmi nella sala ove si adunava la Commissione per esaminarmi. I secondini venivano poco perché attendevano alle prigioni di polizia, collocate ad un piano inferiore, ov'erano sempre molti ladri. Uno di que' secondini era un vecchio di più di settant'anni, ma atto ancora a quella faticosa vita di correre sempre su e giù per le scale ai diversi carceri. L'altro era un giovinotto di ventiquattro o venticinque anni, più voglioso di raccontare i suoi amori che di badare al suo servizio,

CAPO XXIV

Ah sì! le cure d'un processo criminale sono orribili per un prevenuto d'inimicizia allo Stato! Quanto timore di nuocere altrui! quanta difficoltà di lottare contro tante accuse, contro tanti sospetti! quanta verosimiglianza che tutto non s'intrichi sempre più funestamente, se il processo non termina presto, se nuovi arresti vengono fatti, se nuove imprudenze si scoprono, anche di persone non conosciute ma della fazione medesima!

Ho fermato di non parlare di politica, e bisogna quindi ch'io sopprima ogni relazione concernente il processo. Solo dirò che spesso, dopo essere stato lunghe ore al costituto, io tornava nella mia stanza così esacerbato, così fremente, che mi sarei ucciso, se la voce della religione e la memoria de' cari parenti non m'avessero contenuto.

L'abitudine di tranquillità, che già mi pareva a Milano d'avere acquistato, era disfatta. Per alcuni giorni disperai di ripigliarla, e furono giorni d'inferno. Allora cessai di pregare, dubitai della giustizia di Dio, maledissi agli uomini ed all'universo, e rivolsi nella mente tutti i possibili sofismi sulla vanità della virtù.

L'uomo infelice ed arrabbiato è tremendamente ingegnoso a calunniare i suoi simili e lo stesso Creatore. L'ira è più immorale, più scellerata che generalmente non si pensa. Siccome non si può ruggire dalla mattina alla sera, per settimane, e l'anima, la più dominata dal furore, ha di necessità i suoi intervalli di riposo, quegli intervalli sogliono risentirsi dell'immoralità che li ha preceduti. Allora sembra d'essere in pace, ma è una pace maligna, irreligiosa; un sorriso selvaggio, senza carità, senza dignità; un umore di disordine, d'ebbrezza, di scherno.

In simile stato io cantava per ore intere con una specie d'allegrezza affatto sterile di buoni sentimenti; io celiava con tutti quelli che entravano nella mia stanza; io mi sforzava di considerare tutte le cose con una sapienza volgare, la sapienza de' cinici.

Quell'infame tempo durò poco: sei o sette giorni.

La mia Bibbia era polverosa. Uno de' ragazzi del custode, accarezzandomi, disse: «Dacché ella non legge più quel libraccio, non ha più tanta melanconia, mi pare».

«Ti pare?» gli dissi.

E presa la Bibbia, ne tolsi col fazzoletto la polvere, e sbadatamente apertala, mi caddero sotto gli occhi queste parole: «Et ait ad discipulos suos: Impossibile est ut non veniant scandala; vae autem illi per quem veniunt! Utilius est illi, si lapis molaris imponatur circa collum eius et projiciatur in mare, quam ut scandalizet unum de pusillis istis».

Fui colpito di trovare queste parole, ed arrossii che quel ragazzo si fosse accorto, dalla polvere ch'ei sopra vedeavi, ch'io più non leggeva la Bibbia, e ch'ei presumesse ch'io fossi divenuto più amabile divenendo incurante di Dio.

«Scapestratello!» gli dissi con amorevole rimprovero e dolendomi d'averlo scandalezzato. «Questo non è un libraccio, e da alcuni giorni che nol leggo, sto assai peggio. Quando tua madre ti permette di stare un momento con me, m'industrio di cacciar via il mal umore; ma se tu sapessi come questo mi vince, allorché son solo, allorché tu m'odi cantare qual forsennato!»

CAPO XXV

Il ragazzo era uscito; ed io provava un certo godimento di aver ripreso in mano la Bibbia; d'aver confessato ch'io stava peggio senza di lei. Mi parea d'aver dato soddisfazione ad un amico generoso, ingiustamente offeso; d'essermi riconciliato con esso.

«E t'aveva abbandonato, mio Dio?» gridai. «E m'era pervertito? Ed avea potuto credere che l'infame riso del cinismo convenisse alla mia disperata situazione?»

«E disse ai suoi discepoli: "È impossibile che non avvengano scandali; ma guai a colui per colpa del quale avvengono, Meglio sarebbe per lui che gli si legasse una macina da mulino al collo e lo si gettasse in mare, piuttosto che esser di scandalo a uno solo di questi fanciulli»» (Luca, XVII).

Pronunciai queste parole con una emozione indicibile; posi la Bibbia sopra una sedia, m'inginocchiai in terra a leggere, e quell'io che sì difficilmente piango, proruppi in lagrime.

Quelle lagrime erano mille volte più dolci di ogni allegrezza bestiale. Io sentiva di nuovo Dio! lo amava! mi pentiva d'averlo oltraggiato degradandomi! e protestava di non separarmi mai più da lui, mai più!

Oh come un ritorno sincero alla religione consola ed eleva lo spirito!
Lessi e piansi più d'un'ora; e m'alzai pieno di fiducia che Dio fosse con me, che Dio mi avesse perdonato ogni stoltezza. Allora le mie sventure, i tormenti del processo, il verosimile patibolo mi sembrarono poca cosa. Esultai di soffrire, poiché ciò mi dava occasione d'adempiere qualche dovere; poiché, soffrendo con rassegnato animo, io obbediva al Signore
La Bibbia, grazie al Cielo, io sapea leggerla. Non era più il tempo ch'io la giudicava colla meschina critica di Voltaire, vilipendendo espressioni, le quali non sono risibili o false se non quando, per vera ignoranza o per malizia, non si penetra nel loro senso. M'appariva chiaramente quanto foss'ella il codice della santità, e quindi della verità; quanto l'offendersi per certe sue imperfezioni di stile fosse cosa infilosofica, e simile all'orgoglio di chi disprezza tutto ciò che non ha forme eleganti; quanto fosse cosa assurda l'immaginare che una tal collezione di libri religiosamente venerati avessero un principio non autentico; quanto la superiorità di tali scritture sul Corano e sulla teologia degl'Indi fosse innegabile.
Molti ne abusarono, molti vollero farne un codice d'ingiustizia, una sanzione alle loro passioni scellerate. Ciò è vero; ma siamo sempre lì: di tutto puossi abusare: e quando mai l'abuso di cosa ottima dovrà far dire ch'ella è in se stessa malvagia?
Gesù Cristo lo dichiarò: Tutta la legge ed i Profeti, tutta questa collezione di sacri libri, si riduce al precetto d'amar Dio e gli uomini. E tali scritture non sarebbero verità adatta a tutti i secoli? non sarebbero la parola sempre viva dello Spirito Santo?
Ridestate in me queste riflessioni, rinnovai il proponimento di coordinare alla religione tutti i miei pensieri sulle cose umane, tutte le mie opinioni sui progressi dell'incivilimento, la mia filantropia, il mio amor patrio, tutti gli affetti dell'anima mia.
I pochi giorni ch'io aveva passati nel cinismo m'aveano molto contaminato. Ne sentii gli effetti per lungo tempo, e dovetti faticare per vincerli. Ogni volta che l'uomo cede alquanto alla tentazione di snobilitare il suo intelletto, di guardare le opere di Dio colla infernal lente dello scherno, di cessare dal benefico esercizio della preghiera, il guasto ch'egli opera nella propria ragione lo dispone a facilmente ricadere. Per più settimane fui assalito, quasi ogni giorno, da forti pensieri d'incredulità; volsi tutta la potenza del mio spirito a respingerli.

CAPO XXVI

Quando questi combattimenti furono cessati, e sembrommi d'esser di nuovo fermo nell'abitudine di onorar Dio in tutte le mie volontà, gustai per qualche tempo una dolcissima pace. Gli esami, a cui sottoponeami ogni due o tre giorni la Commissione, per quanto fossero tormentosi, non mi traevano più a durevole inquietudine. Io procurava, in quell'ardua posizione, di non mancare a' miei doveri d'onestà e d'amicizia, e poi dicea: «Faccia Dio il resto».
Tornava ad essere esatto nella pratica di prevedere giornalmente ogni sorpresa, ogni emozione, ogni sventura supponibile; e siffatto esercizio giovavami novamente assai.
La mia solitudine intanto s'accrebbe. I due figliuoli del custode, che dapprima mi faceano talvolta un po' di compagnia, furono messi a scuola, e stando quindi pochissimo in casa, non venivano più da me. La madre e la sorella, che allorché c'erano i ragazzi si fermavano anche spesso a favellar meco, or non comparivano più se non per portarmi il caffè, e mi lasciavano. Per la madre mi rincresceva poco, perché non mostrava animo compassionevole. Ma la figlia, benché bruttina, avea certa soavità di sguardi e di parole che non erano per me senza pregio Quando questa mi portava il caffè e diceva: «L'ho fatto io», mi pareva sempre eccellente. Quando diceva: «L'ha fatto la mamma», era acqua calda.
Vedendo sì di rado creature umane, diedi retta ad alcune formiche che venivano sulla mia finestra, le cibai sontuosamente, quelle andarono a chiamare un esercito di compagne, e la finestra fu piena di siffatti animali. Diedi parimente retta ad un bel ragno che tappezzava una delle mie pareti. Cibai questo con moscerini e zanzare, e mi si amicò sino a venirmi sul letto e sulla mano e prendere la preda dalle mie dita.
Fossero quelli stati i soli insetti che m'avessero visitato! Eravamo ancora in primavera, e già le zanzare

si moltiplicavano, posso proprio dire, spaventosamente. L'inverno era stato di una straordinaria dolcezza, e, dopo pochi venti in marzo, seguì il caldo. È cosa indicibile, come s'infocò l'aria del covile ch'io abitava. Situato a pretto mezzogiorno, sotto un tetto di piombo, e colla finestra sul tetto di S. Marco, pure di piombo, il cui riverbero era tremendo, io soffocava. Io non avea mai avuto idea d'un calore sì opprimente. A tanto supplizio s'aggiungeano le zanzare in tal moltitudine, che per quanto io m'agitassi e ne struggessi io n'era coperto; il letto, il tavolino, la sedia, il suolo, le pareti, la volta, tutto n'era coperto, e l'ambiente ne conteneva infinite, sempre andanti e venienti per la finestra e facienti un ronzio infernale. Le punture di quegli animali sono dolorose, e quando se ne riceve da mattina a sera e da sera a mattina, e si dee avere la perenne molestia di pensare a diminuirne il numero, si soffre veramente assai e di corpo e di spirito.
Allorché, veduto simile flagello, ne conobbi la gravezza, e non potei conseguire che mi mutassero di carcere, qualche tentazione di suicidio mi prese, e talvolta temei d'impazzare. Ma, grazie al Cielo, erano smanie non durevoli, e la religione continuava a sostenermi. Essa mi persuadeva che l'uomo dee patire, e patire con forza; mi facea sentire una certa voluttà del dolore, la compiacenza di non soggiacere, di vincer tutto.
Io dicea: "Quanto più dolorosa mi si fa la vita, tanto meno sarò atterrito, se, giovane come sono mi vedrò condannato al supplicio. Senza questi patimenti preliminari sarei forse morto codardamente. E poi, ho io tali virtù da meritare felicità? Dove son esse?".
Ed esaminandomi con giusto rigore, non trovava negli anni da me vissuti se non pochi tratti alquanto plausibili: tutto il resto erano passioni stolte, idolatrie, orgogliosa e falsa virtù. "Ebbene" concludeva io "soffri, indegno! Se gli uomini e le zanzare t'uccidessero anche per furore e senza diritto, riconoscili stromenti della giustizia divina, e taci!"

CAPO XXVII

Ha l'uomo bisogno di sforzo per umiliarsi sinceramente? per ravvisarsi peccatore? Non è egli vero, che in generale sprechiamo la gioventù in vanità, ed invece d'adoprare le forze tutte ad avanzare nella carriera del bene, ne adopriamo gran parte a degradarci? Vi saranno eccezioni, ma confesso che queste non riguardano la mia povera persona. E non ho alcun merito ad essere scontento di me: quando si vede una lucerna dar più fumo che fuoco, non vi vuol gran sincerità a dire che non arde come dovrebbe.
Sì; senza avvilimento, senza scrupoli di pinzochero, guardandomi con tutta la tranquillità possibile d'intelletto, io mi scorgeva degno dei castighi di Dio. Una voce interna mi diceva: "Simili castighi, se non per questo, ti sono dovuti per quello; valgano a ricondurti verso Colui ch'è perfetto, e che i mortali sono chiamati, secondo le finite loro forze, ad imitare".
Con qual ragione, mentr'io era costretto a condannarmi di mille infedeltà a Dio, mi sarei lagnato se alcuni uomini mi pareano vili ed alcuni altri iniqui; se le prosperità del mondo mi erano rapite; s'io dovea consumarmi in carcere, o perire di morte violenta?
Procacciai d'imprimermi bene nel cuore tali riflessioni sì giuste e sì sentite: e ciò fatto, io vedeva che bisognava essere conseguente, e che non poteva esserlo in altra guisa se non benedicendo i retti giudizi di Dio, amandoli ed estinguendo in me ogni volontà contraria ad essi.
Per viemeglio divenir costante in questo proposito, pensai di svolgere con diligenza d'or innanzi tutti i miei sentimenti, scrivendoli. Il male si era che la Commissione, permettendo ch'io avessi calamaio e carta, mi numerava i fogli di questa, con proibizione di distruggerne alcuno, e riservandosi ad esaminare in che li avessi adoperati. Per supplire alla carta, ricorsi all'innocente artifizio di levigare con un pezzo di vetro un rozzo tavolino ch'io aveva, e su quello quindi scriveva ogni giorno lunghe meditazioni intorno ai doveri degli uomini e di me in particola
Non esagero dicendo che le ore così impiegate m'erano talvolta deliziose, malgrado la difficoltà di respiro ch'io pativa per l'enorme caldo e le morsicature dolorosissime delle zanzare. Per diminuire la moltiplicità di queste ultime, io era obbligato, ad onta del caldo, d'involgermi bene il capo e le gambe, e di scrivere, non solo co' guanti, ma fasciato i polsi, affinché le zanzare non entrassero nelle maniche
Quelle mie meditazioni avevano un carattere piuttosto biografico. Io faceva la storia di tutto il bene ed

il male che in me s'erano formati dall'infanzia in poi, discutendo meco stesso, ingegnandomi di sciorre ogni dubbio, ordinando quanto meglio io sapea tutte le mie cognizioni, tutte le mie idee sopra ogni cosa.
Quando tutta la superficie adoprabile del tavolino era piena di scrittura, io leggeva e rileggeva, meditava sul già meditato, ed alfine mi risolveva (sovente con rincrescimento) a raschiar via ogni cosa col vetro, per riavere atta quella superficie a ricevere nuovamente i miei pensieri.
Continuava quindi la mia storia, sempre rallentata da digressioni d'ogni specie, da analisi or di questo or di quel punto di metafisica, di morale, di politica, di religione, e quando tutto era pieno, tornava a leggere e rileggere, poi a raschiare.
Non volendo avere alcuna ragione d'impedimento nel ridire a me stesso colla più libera fedeltà i fatti ch'io ricordava e le opinioni mie, e prevedendo possibile qualche visita inquisitoria, io scriveva in gergo, cioè con trasposizioni di lettere ed abbreviazioni, alle quali io era avvezzatissimo. Non m'accadde però mai alcuna visita siffatta, e niuno s'accorgeva ch'io passassi così bene il mio tristissimo tempo. Quand'io udiva il custode o altri aprire la porta, copriva il tavolino con una tovaglia, e vi mettea sopra il calamaio ed il legale quinternetto di carta.

CAPO XXVIII

Quel quinternetto aveva anche alcune delle mie ore a lui consacrate, e talvolta un intero giorno od un'intera notte. Ivi scriveva io di cose letterarie. Composi allora l'Ester d'Engaddi e l'Iginia d'Asti, e le cantiche intitolate: Tancreda, Rosilde, Eligi e Valafrido, Adello, oltre parecchi scheletri di tragedie e di altre produzioni, e fra altri quello d'un poema sulla Lega lombarda, e d'un altro su Cristoforo Colombo.
Siccome l'ottenere che mi si rinnovasse il quinternetto, quand'era finito, non era sempre cosa facile e pronta, io faceva il primo getto d'ogni componimento sul tavolino o su cartaccia in cui mi facea portare fichi secchi o altri frutti. Talvolta dando il mio pranzo ad uno dei secondini, e facendogli credere ch'io non aveva punto appetito, io l'induceva a regalarmi qualche foglio di carta. Ciò avveniva solo in certi casi, che il tavolino era già ingombro di scrittura, e non poteva ancora decidermi a raschiarla. Allora io pativa la fame, e sebbene il custode avesse in deposito denari miei, non gli chiedea in tutto il giorno da mangiare, parte perché non sospettasse ch'io avea dato via il pranzo, parte perché il secondino non s'accorgesse ch'io aveva mentito assicurandolo della mia inappetenza. A sera mi sosteneva con un potente caffè, e supplicava che lo facesse la siora Zanze. Questa era la figliuola del custode, la quale, se potea farlo di nascosto della mamma, lo faceva straordinariamente carico; tale, che, stante la votezza dello stomaco, mi cagionava una specie di convulsione non dolorosa, che teneami desto tutta notte.
In questo stato di mite ebbrezza io sentiva raddoppiarmisi le forze intellettuali, e poetava e filosofava e pregava fino all'alba con meraviglioso piacere. Una repentina spossatezza m'assaliva quindi: allora io mi gettava sul letto, e malgrado le zanzare, a cui riusciva, bench'io m'inviluppassi, di venirmi a suggere il sangue, io dormiva profondamente un'ora o due
Siffatte notti, agitate da forte caffè preso a stomaco vuoto, e passate in sì dolce esaltazione, mi pareano troppo benefiche, da non dovermele procurare sovente. Perciò, anche senza aver bisogno di carta dal secondino, prendeva non di rado il partito di non gustare un boccone a pranzo, per ottenere a sera il desiderato incanto della magica bevanda. Felice me quand'io conseguiva lo scopo! Più d'una volta mi accadde che il caffè non era fatto dalla pietosa Zanze, ed era broda inefficace. Allora la burla mi metteva un poco di mal umore. Invece di venire elettrizzato, languiva, sbadigliava, sentiva la fame, mi gettava sul letto, e non potea dormire.
Io poi me ne lagnava colla Zanze, ed ella mi compativa. Un giorno che ne la sgridai aspramente, quasi che m'avesse ingannato, la poveretta pianse, e mi disse: «Signore, io non ho mai ingannato alcuno, e tutti mi dànno dell'ingannatrice».
«Tutti? Oh sta a vedere che non sono il solo che s'arrabbii per quella broda.»
«Non voglio dir questo, signore. Ah s'ella sapesse!... Se potessi versare il mio misero cuore nel suo!...»
«Ma non piangete così. Che diamine avete? Vi domando perdono, se v'ho sgridata a torto. Credo benissimo che non sia per vostra colpa che m'ebbi un caffè così cattivo.»

«Eh! non piango per ciò, signore.»
Il mio amor proprio restò alquanto mortificato, ma sorrisi.
«Piangete adunque all'occasione della mia sgridata, ma per tutt'altro?»
«Veramente sì.»
«Chi v'ha dato dell'ingannatrice?»
«Un amante.»
E si coperse il volto dal rossore. E nella sua ingenua fiducia mi raccontò un idillio comico-serio che mi commosse.

CAPO XXIX

Da quel giorno divenni, non so perché, il confidente della fanciulla, e tornò a trattenersi lungamente con me.
Mi diceva: «Signore, ella è tanto buona, ch'io la guardo come potrebbe una figlia guardare suo padre».
«Voi mi fate un brutto complimento;» rispondeva io, respingendo la sua mano «ho appena trentadue anni, e già mi guardate come vostro padre.»
«Via, signore, dirò: come fratello.»
E mi prendeva per forza la mano, e me la toccava con affezione. E tutto ciò era innocentissimo.
Io diceva poi tra me: "Fortuna che non è una bellezza! altrimenti quest'innocente famigliarità potrebbe sconcertarmi".
Altre volte diceva: "Fortuna ch'è così immatura! Di ragazze di tale età non vi sarebbe pericolo ch'io m'innamorassi".
Altre volte mi veniva un po' d'inquietudine, parendomi ch'io mi fossi ingannato nel giudicarla bruttina, ed era obbligato di convenire che i contorni e le forme non erano irregolari.
"Se non fosse così pallida," diceva io "e non avesse quelle poche lenti sul volto, potrebbe passare per bella."
Il vero è che non è possibile di non trovare qualche incanto nella presenza, negli sguardi, nella favella d'una giovinetta vivace ed affettuosa. Io poi non avea fatto nulla per cattivarmi la sua benevolenza, e le era caro come padre o come fratello, a mia scelta. Perché? Perché ella avea letto la Francesca da Rimini e l'Eufemio, e i miei versi la faceano piangere tanto! e poi perch'io era prigioniero, senza avere, diceva ella, né rubato né ammazzato!
Insomma, io che m'era affezionato a Maddalena senza vederla, come avrei potuto essere indifferente alle sorellevoli premure, alle graziose adulazioncelle, agli ottimi caffè della Venezianina adolescente sbirra?
Sarei un impostore se attribuissi a saviezza il non essermene innamorato Non me ne innamorai, unicamente perché ella avea un amante, del quale era pazza. Guai a me, se fosse stato altrimenti!
Ma se il sentimento ch'ella mi destò non fu quello che si chiama amore, confesso che alquanto vi s'avvicinava. Io desiderava ch'ella fosse felice, ch'ella riuscisse a farsi sposare da colui che piaceale; non avea la minima gelosia, la minima idea che potesse scegliere me per oggetto dell'amor suo. Ma quando io udiva aprir la porta, il cuore mi battea, sperando che fosse la Zanze; e se non era ella, io non era contento; e se era, il cuore mi battea più forte e si rallegrava.
I suoi genitori, che già avevano preso un buon concetto di me, e sapeano ch'ell'era pazzamente invaghita d'un altro, non si faceano verun riguardo di lasciarla venire quasi sempre a portarmi il caffè del mattino, e talor quello della sera.
Ella aveva una semplicità ed un'amorevolezza seducenti. Mi diceva: «Sono tanto innamorata d'un altro, eppure sto così volentieri con lei! Quando non vedo il mio amante, mi annoio dappertutto fuorché qui».
«Ne sai tu il perché?»
«Non lo so.»
«Te lo dirò io: perché ti lascio parlare del tuo amante.»
«Sarà benissimo; ma parmi che sia anche perché la stimo tanto tanto!»
Povera ragazza! ella avea quel benedetto vizio di prendermi sempre la mano, e stringermela, e non

s'accorgeva che ciò ad un tempo mi piaceva e mi turbava.
Sia ringraziato il Cielo che posso rammemorare quella buona creatura, senza il minimo rimorso!

CAPO XXX

Queste carte sarebbero certamente più dilettevoli se la Zanze fosse stata innamorata di me, o s'io almeno avessi farneticato per essa. Eppure quella qualità di semplice benevolenza che ci univa m'era più cara dell'amore. E se in qualche momento io temea che potesse, nello stolto mio cuore, mutar natura, allor seriamente me n'attristava.
Una volta, nel dubbio che ciò stesse per accadere, desolato di trovarla (non sapea per quale incanto) cento volte più bella che non m'era sembrata da principio, sorpreso della melanconia ch'io talvolta provava lontano da lei, e della gioia che recavami la sua presenza, presi a fare per due giorni il burbero, immaginando ch'ella si divezzerebbe alquanto dalla famigliarità contratta meco. Il ripiego valea poco: quella ragazza era sì paziente, sì compassionevole! Appoggiava il suo gomito sulla finestra, e stava a guardarmi in silenzio. Poi mi diceva:
«Signore, ella par seccata della mia compagnia; eppure, se potessi starei qui tutto il giorno, appunto perché vedo ch'ella ha bisogno di distrazione. Quel cattiv'umore è l'effetto naturale della solitudine. Ma si provi a ciarlare alquanto, ed il cattivo umore si dissiperà. E s'ella non vuol ciarlare, ciarlerò io.»
«Del vostro amante, eh?»
«Eh no! non sempre di lui; so anche parlar d'altro.»
E cominciava infatti a raccontarmi de' suoi interessucci di casa, dell'asprezza della madre, della bonarietà del padre, delle ragazzate dei fratelli; ed i suoi racconti erano pieni di semplicità e di grazia. Ma, senza avvedersene, ricadeva poi sempre nel tema prediletto, il suo sventurato amore.
Io non volea cessare d'esser burbero, e sperava che se ne indispettisse. Ella, fosse ciò inavvedutezza od arte, non se ne dava per intesa, e bisognava ch'io finissi per rasserenarmi, sorridere, commuovermi, ringraziarla della sua dolce pazienza con me.
Lasciai andare l'ingrato pensiero di volerla indispettire, ed a poco a poco i miei timori si calmarono. Veramente io non erane invaghito. Esaminai lungo tempo i miei scrupoli; scrissi le mie riflessioni su questo soggetto, e lo svolgimento di esse mi giovava.
L'uomo talvolta s'atterrisce di spauracchi da nulla. A fine di non temerli, bisogna considerarli con più attenzione e più da vicino.
E che colpa v'era s'io desiderava con tenera inquietudine le sue visite, s'io ne apprezzava la dolcezza, s'io godea d'essere compianto da lei, e di retribuirle pietà per pietà, dacché i nostri pensieri relativi uno all'altro erano puri come i più puri pensieri dell'infanzia, dacché le sue stesse toccate di mano ed i suoi più amorevoli sguardi, turbandomi, m'empieano di salutare riverenza?
Una sera, effondendo nel mio cuore una grande afflizione ch'ella avea provato, l'infelice mi gettò le braccia al collo, e mi coperse il volto delle sue lagrime. In quest'amplesso non v'era la minima idea profana. Una figlia non può abbracciare con più rispetto il suo padre.
Se non che, dopo il fatto, la mia immaginativa ne rimase troppo colpita. Quell'amplesso mi tornava spesso alla mente, e allora io non potea più pensare ad altro.
Un'altra volta ch'ella s'abbandonò a simile slancio di filiale confidenza, io tosto mi svincolai dalle sue care braccia, senza stringerla a me, senza baciarla, e le dissi balbettando:
«Vi prego, Zanze, non m'abbracciate mai; ciò non va bene.»
M'affissò gli occhi in volto, li abbassò, arrossì; - e certo fu la prima volta che lesse nell'anima mia la possibilità di qualche debolezza a suo riguardo.
Non cessò d'esser meco famigliare d'allora in poi, ma la sua famigliarità divenne più rispettosa, più conforme al mio desiderio, e gliene fui grato.

CAPO XXXI

Io non posso parlare del male che affligge gli altri uomini; ma quanto a quello che toccò in sorte a me dacché vivo, bisogna ch'io confessi che, esaminatolo bene, lo trovai sempre ordinato a qualche mio giovamento. Sì, perfino quell'orribile calore che m'opprimeva, e quegli eserciti di zanzare che mi facean guerra sì feroce! Mille volte vi ho riflettuto. Senza uno stato di perenne tormento com'era quello, avrei io avuta la costante vigilanza necessaria per serbarmi invulnerabile ai dardi d'un amore che mi minacciava, e che difficilmente sarebbe stato un amore abbastanza rispettoso, con un'indole sì allegra ed accarezzante qual'era quella della fanciulla? Se io talora tremava di me in tale stato, come avrei io potuto governare le vanità della mia fantasia in un aere alquanto piacevole, alquanto consentaneo alla letizia?

Stante l'imprudenza de' genitori della Zanze, che cotanto si fidavano di me; stante l'imprudenza di lei, che non prevedeva di potermi essere cagione di colpevole ebbrezza; stante la poca sicurezza della mia virtù, non v'ha dubbio che il soffocante calore di quel forno e le crudeli zanzare erano salutar cosa. Questo pensiero mi riconciliava alquanto con que' flagelli. Ed allora io mi domandava: "Vorresti tu esserne libero, e passare in una buona stanza consolata da qualche fresco respiro, e non veder più quell'affettuosa creatura?".

Debbo dire il vero? Io non avea coraggio di rispondere al quesito.

Quando si vuole un po' di bene a qualcheduno, è indicibile il piacere che fanno le cose in apparenza più nulle. Spesso una parola della Zanze, un sorriso, una lagrima, una grazia del suo dialetto veneziano, l'agilità del suo braccio in parare col fazzoletto o col ventaglio le zanzare a sé ed a me, m'infondeano nell'animo una contentezza fanciullesca che durava tutto il giorno. Principalmente m'era dolce il vedere che le sue afflizioni scemassero parlandomi, che la mia pietà le fosse cara, che i miei consigli la persuadessero, e che il suo cuore s'infiammasse allorché ragionavamo di virtù e di Dio.

«Quando abbiamo parlato insieme di religione,» diceva ella «io prego più volentieri e con più fede.»

E talvolta troncando ad un tratto un ragionamento frivolo prendeva la Bibbia, l'apriva, baciava a caso un versetto, e volea quindi ch'io gliel traducessi e commentassi. E dicea:

«Vorrei che ogni volta che rileggerà questo versetto, ella si ricordasse che v'ho impresso un bacio.»

Non sempre per verità i suoi baci cadeano a proposito, massimamente se capitava aprire il Cantico de' Cantici. Allora, per non farla arrossire, io profittava della sua ignoranza del latino, e mi prevaleva di frasi in cui, salva la santità di quel volume, salvassi pur l'innocenza di lei, ambe le quali m'ispiravano altissima venerazione. In tali casi non mi permisi mai di sorridere. Era tuttavia non picciolo imbarazzo per me, quando alcune volte, non intendendo ella bene la mia pseudo-versione, mi pregava di tradurle il periodo parola per parola, e non mi lasciava passare fuggevolmente ad altro soggetto.

Nulla è durevole quaggiù! La Zanze ammalò. Ne' primi giorni della sua malattia, veniva a vedermi lagnandosi di grandi dolori di capo. Piangeva, e non mi spiegava il motivo del suo pianto. Solo balbettò qualche lagnanza contro l'amante. «È uno scellerato,» diceva ella «ma Dio gli perdoni!»

Per quanto io la pregassi di sfogare, come soleva, il suo cuore, non potei sapere ciò che a tal segno l'addolorasse.

«Tornerò domattina» mi disse una sera. Ma il dì seguente il caffè mi fu portato da sua madre, gli altri giorni da' secondini, e la Zanze era gravemente inferma.

I secondini mi dicean cose ambigue dell'amore di quella ragazza, le quali mi faceano drizzare i capelli. Una seduzione?

Ma forse erano calunnie. Confesso che vi prestai fede, e fui conturbatissimo di tanta sventura. Mi giova tuttavia sperare che mentissero.

Dopo più d'un mese di malattia, la poveretta fu condotta in campagna, e non la vidi più.

È indicibile quant'io gemessi di questa perdita. Oh, come la mia solitudine divenne più orrenda! Oh come cento volte più amaro della sua lontananza erami il pensiero che quella buona creatura fosse infelice! Ella aveami tanto colla sua dolce compassione consolato nelle mie miserie; e la mia compassione era sterile per lei! Ma certo sarà stata persuasa ch'io la piangeva; ch'io avrei fatto non lievi sacrifizi per recarle, se fosse stato possibile, qualche conforto; ch'io non cesserei mai di benedirla e di far voti per la sua felicità!

A' tempi della Zanze, le sue visite, benché pur sempre troppo brevi, rompendo amabilmente la monotonia del mio perpetuo meditare e studiare in silenzio, intessendo alle mie idee altre idee, eccitandomi qualche affetto soave, abbellivano veramente la mia avversità, e mi doppiavano la vita. Dopo, tornò la prigione ad essere per me una tomba. Fui per molti giorni oppresso di mestizia, a segno di non trovar più nemmeno alcun piacere nello scrivere. La mia mestizia era per altro tranquilla, in paragone delle smanie ch'io aveva per l'addietro provate. Voleva ciò dire ch'io fossi già più addimesticato coll'infortunio? più filosofo? più cristiano? ovvero solamente che quel soffocante calore della mia stanza valesse a prostrare persino le forze del mio dolore? Ah! non le forze del dolore! Mi sovviene ch'io lo sentiva potentemente nel fondo dell'anima, - e forse più potentemente, perché io non avea voglia d'espanderlo gridando e agitandomi.

Certo il lungo tirocinio m'avea già fatto più capace di patire nuove afflizioni, rassegnandomi alla volontà di Dio. Io m'era sì spesso detto, essere viltà il lagnarsi, che finalmente sapea contenere le lagnanze vicine a prorompere, e vergognava che pur fossero vicine a prorompere.

L'esercizio di scrivere i miei pensieri avea contribuito a rinforzarmi l'animo, a disingannarmi delle vanità, a ridurre la più parte de' ragionamenti a queste conclusioni: "V'è un Dio: dunque infallibile giustizia: dunque tutto ciò che avviene è ordinato ad ottimo fine: dunque il patire dell'uomo sulla terra è pel bene dell'uomo".

Anche la conoscenza della Zanze m'era stata benefica: m'avea raddolcito l'indole. Il suo soave applauso erami stato impulso a non ismentire per qualche mese il dovere ch'io sentiva incombere ad ogni uomo d'essere superiore alla fortuna, e quindi paziente. E qualche mese di costanza mi piegò alla rassegnazione.

La Zanze mi vide due sole volte andare in collera. Una fu quella che già notai, pel cattivo caffè; l'altra fu nel caso seguente.

Ogni due o tre settimane, m'era portata dal custode una lettera della mia famiglia; lettera passata prima per le mani della Commissione, e rigorosamente mutilata con cassature di nerissimo inchiostro. Un giorno accadde che, invece di cassarmi solo alcune frasi, tirarono l'orribile riga su tutta quanta la lettera, eccettuate le parole: «Carissimo Silvio» che stavano a principio, e il saluto ch'era in fine: «T'abbracciamo tutti di cuore».

Fui così arrabbiato di ciò, che alla presenza della Zanze proruppi in urla, e maledissi non so chi. La povera fanciulla mi compatì, ma nello stesso tempo mi sgridò d'incoerenza a' miei principii. Vidi ch'ella aveva ragione, e non maledissi più alcuno.

CAPO XXXIII

Un giorno, uno de' secondini entrò nel mio carcere con aria misteriosa, e mi disse:

«Quando v'era la siora Zanze... siccome il caffè le veniva portato da essa... e si fermava lungo tempo a discorrere... ed io temeva che la furbaccia esplorasse tutti i suoi secreti, signore...»

«Non n'esplorò pur uno» gli dissi in collera «ed io, se ne avessi, non sarei gonzo da lasciarmeli trar fuori. Continuate.»

«Perdoni, sa; non dico già ch'ella sia un gonzo, ma io della siora Zanze non mi fidava. Ed ora, signore, ch'ella non ha più alcuno che venga a tenerle compagnia... mi fido... di...»

«Di che? Spiegatevi una volta.»

«Ma giuri prima di non tradirmi.»

«Eh, per giurare di non tradirvi, lo posso: non ho mai tradito alcuno.»

«Dice dunque davvero, che giura, eh?»

«Sì, giuro di non tradirvi. Ma sappiate, bestia che siete, che uno il quale fosse capace di tradire, sarebbe anche capace di violare un giuramento.»

Trasse di tasca una lettera, e me la consegnò tremando, e scongiurandomi di distruggerla, quand'io l'avessi letta.

«Fermatevi;» gli dissi aprendola «appena letta, la distruggerò in vostra presenza.»

«Ma, signore, bisognerebbe ch'ella rispondesse, ed io non posso aspettare. Faccia con suo comodo. Soltanto mettiamoci in questa intelligenza. Quando ella sente venire alcuno, badi che se sono io, canterellerò sempre l'aria: "Sognai, mi gera un gato". Allora ella non ha a temere di sorpresa, e può tenersi in tasca qualunque carta. Ma se non ode questa cantilena, sarà segno che o non sono io, o vengo accompagnato. In tal caso non si fidi mai di tenere alcuna carta nascosta, perché potrebb'esservi perquisizione, ma se ne avesse una, la stracci sollecitamente e la getti dalla finestra.»

«State tranquillo: vedo che siete accorto, e lo sarò ancor io.»

«Eppure ella m'ha dato della bestia.»

«Fate bene a rimproverarmelo» gli dissi stringendogli la mano. «Perdonate.»

Se n'andò, e lessi:

«Sono...» e qui diceva il nome «uno dei vostri ammiratori: so tutta la vostra Francesca da Rimini a memoria. Mi arrestarono per...» e qui diceva la causa della sua cattura e la data «e darei non so quante libbre del mio sangue per avere il bene d'essere con voi, o d'avere almeno un carcere contiguo al vostro, affinché potessimo parlare insieme. Dacché intesi da Tremerello» così chiameremo il confidente «che voi, signore, eravate preso, e per qual motivo, arsi di desiderio di dirvi che nessuno vi compiange più di me, che nessuno vi ama più di me. Sareste voi tanto buono da accettare la seguente proposizione, cioè che alleggerissimo entrambi il peso della nostra solitudine, scrivendoci? Vi prometto da uomo d'onore, che anima al mondo da me nol saprebbe mai, persuaso che la stessa secretezza, se accettate, mi posso sperare da voi. - Intanto, perchè abbiate qualche conoscenza di me, vi darò un sunto della mia storia, ecc.»

Seguiva il sunto.

CAPO XXXIV

Ogni lettore che abbia un po' d'immaginativa capirà agevolmente quanto un foglio simile debba essere elettrico per un povero prigioniero, massimamente per un prigioniero d'indole niente affatto selvatica, e di cuore amante. Il mio primo sentimento fu d'affezionarmi a quell'incognito, di commuovermi sulle sue sventure, d'esser pieno di gratitudine per la benevolenza ch'ei mi dimostrava. «Sì,» sclamai «accetto la tua proposizione, o generoso. Possano le mie lettere darti egual conforto a quel che mi daranno le tue, a quel che già traggo dalla tua prima!»

E lessi e rilessi quella lettera con un giubilo da ragazzo, e benedissi cento volte chi l'avea scritta, e pareami ch'ogni sua espressione rivelasse un'anima schietta e nobile.

Il sole tramontava; era l'ora della mia preghiera. Oh come io sentiva Dio! com'io lo ringraziava di trovar sempre nuovo modo di non lasciar languire le potenze della mia mente e del mio cuore! Come mi si ravvivava la memoria di tutti i preziosi suoi doni!

Io era ritto sul finestrone, le braccia tra le sbarre, le mani incrocicchiate: la chiesa di San Marco era sotto di me, una moltitudine prodigiosa di colombi indipendenti amoreggiava, svolazzava, nidificava su quel tetto di piombo: il più magnifico cielo mi stava dinanzi: io dominava tutta quella parte di Venezia ch'era visibile dal mio carcere: un romore lontano di voci umane mi feriva dolcemente l'orecchio. In quel luogo infelice ma stupendo, io conversava con Colui, gli occhi soli del quale mi vedeano, gli raccomandava mio padre, mia madre, e ad una ad una tutte le persone a me care e sembravami ch'ei mi rispondesse: «T'affidi la mia bontà!» ed io esclamava: «Si, la tua bontà m'affida!».

E chiudea la mia orazione intenerito, confortato, e poco curante delle morsicature che frattanto m'aveano allegramente dato le zanzare.

Quella sera, dopo tanta esaltazione, la fantasia cominciando a calmarsi, le zanzare cominciando a divenirmi insoffribili, il bisogno d'avvolgermi faccia e mani tornando a farmisi sentire un pensiero volgare e maligno m'entrò ad un tratto nel capo, mi fece ribrezzo, volli cacciarlo e non potei.

Tremerello m'aveva accennato un infame sospetto, intorno la Zanze: che fosse un'esploratrice de' miei secreti, ella! quell'anima candida! che nulla sapeva di politica! che nulla volea saperne!

Di lei m'era impossibile dubitare; ma mi chiesi: "Ho io la stessa certezza intorno Tremerello? E se quel mariuolo fosse stromento d'indagini subdole? Se la lettera fosse fabbricata da chi sa chi, per indurmi a fare importanti confidenze al novello amico? Forse il preteso prigione che mi scrive, non esiste neppure; - forse esiste, ed è un perfido che cerca d'acquistare secreti, per far la sua salute rivelandoli; - forse è un galantuomo, sì, ma il perfido è Tremerello, che vuol rovinarci tutti e due per guadagnare

un'appendice al suo salario".
Oh brutta cosa, ma troppo naturale a chi geme in carcere, il temere dappertutto inimicizia e frode!
Tai dubbi m'angustiavano, m'avvilivano. No; per la Zanze io non avea mai potuto averli un momento!
Tuttavia, dacché Tremerello avea scagliata quella parola riguardo a lei, un mezzo dubbio pur mi crucciava, non sovr'essa, ma su coloro che la lasciavano venire nella mia stanza. Le avessero, per proprio zelo o per volontà superiore, dato l'incarico di esploratrice? Oh, se ciò fosse stato, come furono mal serviti!
Ma circa la lettera dell'incognito, che fare? Appigliarsi ai severi, gretti consigli della paura che s'intitola prudenza? Rendere la lettera a Tremerello, e dirgli: "Non voglio rischiare la mia pace"? E se non vi fosse alcuna frode? E se l'incognito fosse un uomo degnissimo della mia amicizia, degnissimo ch'io rischiassi alcunché per temprargli le angosce della solitudine? Vile! tu stai forse a due passi dalla morte, la feral sentenza può pronunciarsi da un giorno all'altro, e ricuseresti di fare ancora un atto d'amore? Rispondere, rispondere io debbo! Ma venendo per disgrazia a scoprirsi questo carteggio, e nessuno potesse pure in coscienza farcene delitto, non è egli vero tuttavia che un fiero castigo cadrebbe sul povero Tremerello? Questa considerazione non è ella bastante ad impormi come assoluto dovere il non imprendere carteggio clandestino?

CAPO XXXV

Fui agitato tutta sera, non chiusi occhio la notte, e fra tante incertezze non sapea che risolvere.
Balzai dal letto prima dell'alba, salii sul finestrone, e pregai. Nei casi ardui bisogna consultarsi fiducialmente con Dio, ascoltare le sue ispirazioni, e attenervisi.
Così feci, e dopo lunga preghiera, discesi, scossi le zanzare, m'accarezzai colle mani le guance morsicate, ed il partito era preso: esporre a Tremerello il mio timore che da quel carteggio potesse a lui tornar danno; rinunciarvi, s'egli ondeggiava; accettare, se i terrori non vinceano lui.
Passeggiai, finché intesi canterellare: «Sognai, mi gera an gato, E ti me carezzevi». Tremerello mi portava il caffè.
Gli dissi il mio scrupolo, non risparmiai parola per mettergli paura. Lo trovai saldo nella volontà di servire, diceva egli, due così compiti signori. Ciò era assai in opposizione colla faccia di coniglio ch'egli aveva e col nome di Tremerello che gli davamo. Ebbene, fui saldo anch'io.
«Io vi lascerò il mio vino;» gli dissi «fornitemi la carta necessaria a questa corrispondenza, e fidatevi che se odo sonare le chiavi senza la cantilena vostra, distruggerò sempre in un attimo qualunque oggetto clandestino.»
«Eccole appunto un foglio di carta; gliene darò sempre, finché vuole, e riposo perfettamente sulla sua accortezza.»
Mi bruciai il palato per ingoiar presto il caffè, Tremerello se ne andò, e mi posi a scrivere.
Faceva io bene? Era, la risoluzione ch'io prendeva, ispirata veramente da Dio? Non era piuttosto un trionfo del mio naturale ardimento, del mio anteporre ciò che mi piace a penosi sacrifizi? un misto d'orgogliosa compiacenza per la stima che l'incognito m'attestava e di timore di parere un pusillanime, s'io preferissi un prudente silenzio ad una corrispondenza alquanto rischiosa?
Come sciogliere questi dubbi? Io li esposi candidamente al concaptivo rispondendogli, e soggiunsi nondimeno essere mio avviso, che quando sembra a taluno d'operare con buone ragioni e senza manifesta ripugnanza della coscienza, ei non debba più paventare di colpa. Egli tuttavia riflettesse parimente con tutta la serietà all'assunto che imprendevamo, e mi dicesse schietto con qual grado di tranquillità o d'inquietudine vi si determinasse. Che, se per nuove riflessioni ei giudicava l'assunto troppo temerario, facessimo lo sforzo di rinunciare al conforto promessoci dal carteggio, e ci contentassimo d'esserci conosciuti collo scambio di poche parole ma indelebili e mallevadrici di alta amicizia.
Scrissi quattro pagine caldissime del più sincero affetto, accennai brevemente il soggetto della mia prigionia, parlai con effusione di cuore della mia famiglia e d'alcuni altri miei particolari, e mirai a farmi conoscere nel fondo dell'anima.

A sera la mia lettera fu portata. Non avendo dormito la notte precedente, era stanchissimo; il sonno non si fece invocare, e mi svegliai la mattina seguente ristorato, lieto, palpitante al dolce pensiero d'aver forse a momenti la risposta dell'amico.

CAPO XXXVI

La risposta venne col caffè. Saltai al collo di Tremerello, e gli dissi con tenerezza: «Iddio ti rimuneri di tanta carità!». I miei sospetti su lui e sull'incognito s'erano dissipati, non so né anche dir perché; perché m'erano odiosi; perché avendo la cautela di non parlar mai follemente di politica, m'apparivano inutili; perché mentre sono ammiratore dell'ingegno di Tacito, ho tuttavia pochissima fede nella giustezza del taciteggiare, del veder molto le cose in nero.

Giuliano (così piacque allo scrivente di firmarsi) cominciava la lettera con un preambolo di gentilezze, e si diceva senza alcuna inquietudine sull'impreso carteggio. Indi scherzava dapprima moderatamente sul mio esitare, poi lo scherzo acquistava alcun che di pungente. Alfine, dopo un eloquente elogio sulla sincerità, mi dimandava perdono se non potea nascondermi il dispiacere che avea provato, ravvisando in me, diceva egli, una certa scrupolosa titubanza, una certa cristiana sottigliezza di coscienza, che non può accordarsi con vera filosofia.

«Vi stimerò sempre» soggiungeva egli «quand'anche non possiamo accordarci su ciò; ma la sincerità che professo mi obbliga a dirvi che non ho religione, che le abborro tutte, che prendo per modestia il nome di Giuliano perché quel buon imperatore era nemico de' Cristiani, ma che realmente io vado molto più in là di lui. Il coronato Giuliano credeva in Dio, ed aveva certe sue bigotterie. Io non ne ho alcuna, non credo in Dio, pongo ogni virtù nell'amare la verità e chi la cerca, e nell'odiare chi non mi piace.»

E di questa foggia continuando, non recava ragioni di nulla, inveiva a dritto e a rovescio contro il Cristianesimo, lodava con pomposa energia l'altezza della virtù irreligiosa, e prendeva con istile parte serio e parte faceto a far l'elogio dell'imperatore Giuliano per la sua apostasia e pel filantropico tentativo di cancellare dalla terra tutte le tracce del Vangelo.

Temendo quindi d'aver troppo urtate le mie opinioni, tornava a dimandarmi perdono e a declamare contro la tanto frequente mancanza di sincerità. Ripeteva il suo grandissimo desiderio di stare in relazione con me, e mi salutava.

Una poscritta diceva: «Non ho altri scrupoli, se non di non essere schietto abbastanza. Non posso quindi tacervi di sospettare che il linguaggio cristiano che teneste meco sia finzione. Lo bramo ardentemente. In tal caso gettate la maschera; v'ho dato l'esempio».

Non saprei dire l'effetto strano che mi fece quella lettera. Io palpitava come un innamorato ai primi periodi: una mano di ghiaccio sembrò quindi stringermi il cuore. Quel sarcasmo sulla mia coscienziosità m'offese. Mi pentii d'aver aperta una relazione con siffatt'uomo: io che dispregio tanto il cinismo! io che lo credo la più infilosofica, la più villana di tutte le tendenze! io, a cui l'arroganza impone si poco!

Letta l'ultima parola, pigliai la lettera fra il pollice e l'indice d'una mano, e il pollice e l'indice dell'altra, ed alzando la mano sinistra tirai giù rapidamente la destra, cosicché ciascuna delle due mani rimase in possesso d'una mezza lettera.

CAPO XXXVII

Guardai que' due brani, e meditai un istante sull'incostanza delle cose umane e sulla falsità delle loro apparenze. "Poc'anzi tanta brama di questa lettera, ed ora la straccio per isdegno! Poc'anzi tanto presentimento di futura amicizia con questo compagno di sventura, tanta persuasione di mutuo conforto, tanta disposizione a mostrarmi con lui affettuosissimo, ed ora lo chiamo insolente!"

Stesi i due brani un sull'altro, e collocato di nuovo come prima l'indice e il pollice di una mano, e l'indice e il pollice dell'altra, tornai ad alzare la sinistra ed a tirar giù rapidamente la destra.

Era per replicare la stessa operazione, ma uno dei quarti mi cadde di mano; mi chinai per prenderlo, e nel breve spazio di tempo del chinarmi e del rialzarmi, mutai proposito e m'invogliai di rileggere quella superba scritta.

Siedo, fo combaciare i quattro pezzi sulla Bibbia e rileggo. Li lascio in quello stato, passeggio, rileggo ancora ed intanto penso:
"S'io non gli rispondo, ei giudicherà ch'io sia annichilato di confusione, ch'io non osi ricomparire al cospetto di tanto Ercole. Rispondiamogli, facciamogli vedere che non temiamo il confronto delle dottrine. Dimostriamogli con buona maniera non esservi alcuna viltà nel maturare i consigli, nell'ondeggiare quando si tratta d'una risoluzione alquanto pericolosa, e più pericolosa per altri che per noi. Impari che il vero coraggio non istà nel ridersi della coscienza, che la vera dignità non ístà nell'orgoglio. Spieghiamogli la ragionevolezza del Cristianesimo e l'insussistenza dell'incredulità. - E finalmente se codesto Giuliano si manifesta d'opinioni così opposte alle mie, se non mi risparmia pungenti sarcasmi, se degna così poco di cattivarmi, non è ciò prova almeno ch'ei non è una spia? - Se non che non potrebb'egli essere un raffinamento d'arte, quel menar ruvidamente la frusta addosso al mio amor proprio? - Eppur no; non posso crederlo. Sono un maligno che, perché mi sento offeso da quei temerarii scherzi, vorrei persuadermi che chi li scagliò non può essere che il più abbietto degli uomini. Malignità volgare, che condannai mille volte in altri, via dal mio cuore! No, Giuliano è quel che è, e non più, è un insolente, e non una spia. - Ed ho io veramente il diritto di dare l'odioso nome d'insolenza a ciò ch'egli reputa sincerità? - Ecco la tua umiltà, o ipocrita! Basta che uno, per errore di mente, sostenga opinioni false e derida la tua fede, subito t'arroghi di vilipenderlo. - Dio sa se questa umiltà rabbiosa e questo zelo malevolo, nel petto di me cristiano, non è peggiore dell'audace sincerità di quell'incredulo! - Forse non gli manca se non un raggio della grazia, perchè quel suo energico amore del vero si muti in religione più solida della mia. - Non farei io meglio di pregare per lui, che d'adirarmi e di suppormi migliore? - Chi sa, che mentre io stracciava furentemente la sua lettera, ei non rileggesse con dolce amorevolezza la mia, e si fidasse tanto della mia bontà da credermi incapace d'offendermi delle sue schiette parole? - Qual sarebbe il più iniquo dei due, uno che ama e dice: 'Non sono cristiano', ovvero uno che dice: 'Son cristiano' e non ama? - È cosa difficile conoscere un uomo, dopo avere vissuto con lui lunghi anni; ed io vorrei giudicare costui da una lettera? Fra tante possibilità, non havvi egli quella che, senza confessarlo a sé medesimo, ei non sia punto tranquillo del suo ateismo, e che indi mi stuzzichi a combatterlo, colla secreta speranza di dover cedere? Oh fosse pure! Oh gran Dio, in mano di cui tutti gli stromenti più indegni possono essere efficaci, sceglimi, sceglimi a quest'opera! Detta a me tai potenti e sante ragioni che convincano quell'infelice! che lo traggano a benedirti e ad imparare che, lungi da te, non v'è virtù la quale non sia contraddizione!"

CAPO XXXVIII

Stracciai più minutamente, ma senza residuo di collera, i quattro pezzi di lettera, andai alla finestra, stesi la mano, e mi fermai a guardare la sorte dei diversi bocconcini di carta in balia del vento. Alcuni si posarono sui piombi della chiesa, altri girarono lungamente per aria, e discesero a terra. Vidi che andavano tanto dispersi, da non esservi pericolo che alcuno li raccogliesse e ne capisse il mistero.
Scrissi poscia a Giuliano, e presi tutta la cura per non essere e per non apparire indispettito.
Scherzai sul suo timore ch'io portassi la sottigliezza di coscienza ad un grado non accordabile colla filosofia, e dissi che sospendesse almeno intorno a ciò i suoi giudizi. Lodai la professione ch'ei faceva di sincerità, l'assicurai che m'avrebbe trovato eguale a sé in questo riguardo, e soggiunsi che per dargliene prova io m'accingeva a difendere il Cristianesimo; «ben persuaso» diceva io «che, come sarò sempre pronto ad udire amichevolmente tutte le vostre opinioni, così abbiate la liberalità d'udire in pace le mie».
Quella difesa, io mi proponeva di farla a poco a poco, ed intanto la incominciava, analizzando con fedeltà l'essenza del Cristianesimo: - culto di Dio, spoglio di superstizioni, - fratellanza fra gli uomini, - aspirazione perpetua alla virtù, - umiltà senza bassezza, - dignità senza orgoglio, - tipo, un uomo-Dio! Che di più filosofico e di più grande?
Intendeva poscia di dimostrare, come tanta sapienza era più o meno debolmente trasparsa a tutti coloro che coi lumi della ragione aveano cercato il vero, ma non s'era mai diffusa nell'universale: e come, venuto il divin Maestro sulla terra, diede segno stupendo di sé, operando coi mezzi umanamente più

deboli quella diffusione. Ciò che sommi filosofi mai non poterono, l'abbattimento dell'idolatria, e la predicazione generale della fratellanza, s'eseguisce con pochi rozzi messaggeri. Allora l'emancipazione degli schiavi diviene ognor più frequente, e finalmente appare una civiltà senza schiavi, stato di società che agli antichi filosofi pareva impossibile.
Una rassegna della storia, da Gesù Cristo in qua, dovea per ultimo dimostrare come la religione da lui stabilita s'era sempre trovata adattata a tutti i possibili gradi d'incivilimento. Quindi essere falso che, l'incivilimento continuando a progredire, il Vangelo non sia più accordabile con esso.
Scrissi a minutissimo carattere ed assai lungamente, ma non potei tuttavia andar molto oltre; ché mi mancò la carta. Lessi e rilessi quella mia introduzione, e mi parve ben fatta. Non v'era pure una frase di risentimento sui sarcasmi di Giuliano, e le espressioni di benevolenza abbondavano, ed aveale dettate il cuore già pienamente ricondotto a tolleranza.
Spedii la lettera, ed il mattino seguente ne aspettava con ansietà la risposta.
Tremerello venne, e mi disse:
«Quel signore non ha potuto scrivere, ma la prega di continuare il suo scherzo.»
«Scherzo?» sclamai. «Eh, che non avrà detto scherzo! avrete capito male.»
Tremerello si strinse nelle spalle «Avrò capito male».
«Ma vi par proprio che abbia detto scherzo?»
«Come mi pare di sentire in questo punto i colpi di San Marco.» (Sonava appunto il campanone.) Bevvi il caffè e tacqui.
«Ma ditemi: avea quel signore già letta tutta la mia lettera?»
«Mi figuro di sì; perché rideva, rideva come un matto, e facea di quella lettera una palla, e la gettava per aria, e quando gli dissi che non dimenticasse poi di distruggerla, la distrusse subito.»
«Va benissimo.»
E restituii a Tremerello la chicchera, dicendogli che si conosceva che il caffè era stato fatto dalla siora Bettina.
«L'ha trovato cattivo?»
«Pessimo.»
«Eppur l'ho fatto io, e l'assicuro che l'ho fatto carico, e non v'erano fondi.»
«Non avrò forse la bocca buona.»

CAPO XXXIX

Passeggiai tutta mattina fremendo. "Che razza d'uomo è questo Giuliano? Perché chiamare la mia lettera uno scherzo? Perché ridere e giocare alla palla con essa? Perché non rispondermi pure una riga? Tutti gl'increduli son così! Sentendo la debolezza delle loro opinioni, se alcuno s'accinge a confutarle non ascoltano, ridono, ostentano una superiorità d'ingegno la quale non ha più bisogno d'esaminar nulla. Sciagurati! E quando mai vi fu filosofia senza esame, senza serietà? Se è vero che Democrito ridesse sempre, egli era un buffone! Ma ben mi sta: perché imprendere questa corrispondenza? Ch'io mi facessi illusione un momento, era perdonabile. Ma quando vidi che colui insolentiva, non fui io uno stolto di scrivergli ancora?"
Era risoluto di non più scrivergli. A pranzo, Tremerello prese il mio vino, se lo versò in un fiasco, e mettendoselo in saccoccia:
«Oh, mi accorgo» disse «che ho qui della carta da darle.» E me la porse.
Se n'andò; ed io guardando quella carta bianca mi sentiva venire la tentazione di scrivere un'ultima volta a Giuliano, di congedarlo con una buona lezione sulla turpitudine dell'insolenza.
"Bella tentazione!" dissi poi "rendergli disprezzo per disprezzo! fargli odiare vieppiù il Cristianesimo, mostrandogli in me cristiano impazienza ed orgoglio! - No, ciò non va. Cessiamo affatto il carteggio. - E se lo cesso così asciuttamente, non dirà colui del pari, che impazienza ed orgoglio mi vinsero? - Conviene scrivergli ancora una volta, e senza fiele. - Ma se posso scrivere senza fiele, non sarebbe meglio non darmi per inteso delle sue risate e del nome di scherzo ch'egli ha gratificato alla mia lettera? Non sarebbe meglio continuar buonamente la mia apologia del Cristianesimo?"

Ci pensai un poco, e poi m'attenni a questo partito.
La sera spedii il mio piego, ed il mattino seguente ricevetti alcune righe di ringraziamento, molto fredde, però senza espressioni mordaci, ma anche senza il minimo cenno d'approvazione né d'invito a proseguire.
Tal biglietto mi spiacque. Nondimeno fermai di non desistere sino al fine.
La mia tesi non potea trattarsi in breve, e fu soggetto di cinque o sei altre lunghe lettere, a ciascuna delle quali mi veniva risposto un laconico ringraziamento, accompagnato da qualche declamazione estranea al tema, ora imprecando i suoi nemici, ora ridendo d'averli imprecati, e dicendo esser naturale che i forti opprimano i deboli, e non rincrescergli altro che di non essere forte, ora confidandomi i suoi amori, e l'impero che questi esercitavano sulla sua tormentata immaginativa.
Nondimeno, all'ultima mia lettera sul Cristianesimo, ei diceva che mi stava apparecchiando una lunga risposta. Aspettai più d'una settimana, ed intanto ei mi scriveva ogni giorno di tutt'altro, e per lo più d'oscenità.
Lo pregai di ricordarsi la risposta di cui mi era debitore, e gli raccomandai di voler applicare il suo ingegno a pesar veramente tutte le ragioni ch'io gli avea portate.
Mi rispose alquanto rabbiosamente, prodigandosi gli attributi di filosofo, d'uomo sicuro, d'uomo che non avea bisogno di pesare tanto per capire che le lucciole non erano lanterne. E tornò a parlare allegramente d'avventure scandalose.

CAPO XL

Io pazientava per non farmi dare del bigotto e dell'intollerante, e perché non disperava che, dopo quella febbre di erotiche buffonerie, venisse un periodo di serietà. Intanto gli andava manifestando la mia disapprovazione alla sua irriverenza per le donne, al suo profano modo di fare all'amore, e compiangeva quelle infelici ch'ei mi diceva essere state sue vittime.
Ei fingeva di creder poco alla mia disapprovazione, e ripeteva «Checché borbottiate d'immoralità, sono certo di divertirvi co' miei racconti; - tutti gli uomini amano il piacere come io, ma non hanno la franchezza di parlarne senza velo; ve ne dirò tante che v'incanterò, e vi sentirete obbligato in coscienza d'applaudirmi».
Ma di settimana in settimana, ei non desisteva mai da queste infamie, ed io (sperando sempre ad ogni lettera di trovare altro tema, e lasciandomi attrarre dalla curiosità) leggeva tutto, e l'anima mia restava - non già sedotta - ma pur conturbata, allontanata da pensieri nobili e santi. Il conversare cogli uomini degradati degrada, se non si ha una virtù molto maggiore della comune, molto maggiore della mia.
"Eccoti punito" diceva io a me stesso "della tua presunzione! Ecco ciò che si guadagna a voler fare il missionario senza la santità da ciò!"
Un giorno mi risolsi a scrivergli queste parole:
«Mi sono sforzato finora di chiamarvi ad altri soggetti, e voi mi mandate sempre novelle che vi dissi schiettamente dispiacermi. Se v'aggrada che favelliamo di cose più degne continueremo la corrispondenza, altrimenti tocchiamoci la mano, e ciascuno se ne stia con sé.»
Fui per due giorni senza risposta, e dapprima ne gioii. «Oh benedetta solitudine!» andava sclamando «quanto meno amara tu sei d'una conversazione inarmonica e snobilitante! Invece di crucciarmi leggendo impudenze, invece di faticarmi invano ad oppor loro l'espressione di aneliti che onorino l'umanità, tornerò a conversare con Dio, colle care memorie della mia famiglia e de' miei veri amici. Tornerò a leggere maggiormente la Bibbia, a scrivere i miei pensieri sulla tavola studiando il fondo del mio cuore e procacciando di migliorarlo, a gustare le dolcezze d'una melanconia innocente, mille volte preferibili ad immagini liete ed inique.»
Tutte le volte che Tremerello entrava nel mio carcere mi diceva:
«Non ho ancor risposta.»
«Va bene» rispondeva io.
Il terzo giorno mi disse:
«Il signor N.N. è mezzo ammalato.»

«Che ha?»
«Non lo dice, ma è sempre steso sul letto, non mangia, non bee, ed è di mal umore.»
Mi commossi, pensando ch'egli pativa e non aveva alcuno che lo confortasse.
Mi sfuggì dalle labbra, o piuttosto dal cuore:
«Gli scriverò due righe.»
«Le porterò stassera» disse Tremerello; e se ne andò.
Io era alquanto imbarazzato, mettendomi al tavolino. "Fo io bene a ripigliare il carteggio? Non benediceva io dianzi la solitudine come un tesoro riacquistato? Che incostanza è dunque la mia! - Eppure quell'infelice non mangia, non beve; sicuramente è ammalato. È questo il momento d'abbandonarlo? L'ultimo mio viglietto era aspro: avrà contribuito ad affliggerlo. Forse, ad onta dei nostri diversi modi di sentire, ei non avrebbe mai disciolta la nostra amicizia. Il mio viglietto gli sarà sembrato più malevolo che non era: ei l'avrà preso per un assoluto sprezzante congedo."
CAPO XLI
Scrissi così:
«Sento che non istate bene, e me ne duole vivamente. Vorrei di tutto cuore esservi vicino, e prestarvi tutti gli uffici d'amico. Spero che la vostra poco buona salute sarà stata l'unico motivo del vostro silenzio, da tre giorni in qua. Non vi sareste già offeso del mio viglietto dell'altro dì? Lo scrissi, v'assicuro, senza la minima malevolenza, e col solo scopo di trarvi a più serii soggetti di ragionamento. Se lo scrivere vi fa male, mandatemi soltanto nuove esatte della vostra salute: io vi scriverò ogni giorno qualcosetta per distrarvi, e perché vi sovvenga che vi voglio bene.»
Non mi sarei mai aspettato la lettera ch'ei mi rispose. Cominciava così:
«Ti disdico l'amicizia; se non sai che fare della mia, io non so che fare della tua. Non sono uomo che perdoni offese, non sono uomo che, rigettato una volta, ritorni. Perché mi sai infermo, ti riaccosti ipocritamente a me, sperando che la malattia indebolisca il mio spirito e mi tragga ad ascoltare le tue prediche...» E andava innanzi di questo modo, vituperandomi con violenza, schernendomi, ponendo in caricatura tutto ciò ch'io gli avea detto di religione e di morale, protestando di vivere e di morire sempre lo stesso, cioè col più grand'odio e col più gran disprezzo contro tutte le filosofie diverse dalla sua.
Restai sbalordito!
"Le belle conversioni ch'io fo!" dicev'io con dolore ed inorridendo. "Dio m'è testimonio se le mie intenzioni non erano pure! - No, queste ingiurie non le ho meritate! - Ebbene, pazienza; è un disinganno di più. Tal sia di colui, se s'immagina offese per aver la voluttà di non perdonarle! Più di quel che ho fatto non sono obbligato di fare."
Tuttavia, dopo alcuni giorni il mio sdegno si mitigò, e pensai che una lettera frenetica poteva essere stato frutto d'un esaltamento non durevole. "Forse ei già se ne vergogna" diceva io "ma è troppo altero da confessare il suo torto. Non sarebbe opera generosa, or ch'egli ha avuto tempo di calmarsi, lo scrivergli ancora?"
Mi costava assai far tanto sacrifizio d'amor proprio, ma lo feci. Chi s'umilia senza bassi fini, non si degrada, qualunque ingiusto spregio gliene torni.
Ebbi per risposta una lettera meno violenta, ma non meno insultante. L'implacato mi diceva ch'egli ammirava la mia evangelica moderazione.
«Or dunque ripigliamo pure» proseguiva egli «la nostra corrispondenza; ma parliamo chiaro. Noi non ci amiamo. Ci scriveremo per trastullare ciascuno se stesso, mettendo sulla carta liberamente tutto ciò che ci viene in capo: voi le vostre immaginazioni serafiche ed io le mie bestemmie; voi le vostre estasi sulla dignità dell'uomo e della donna, io l'ingenuo racconto delle mie profanazioni; sperando io di convertir voi, e voi di convertir me. Rispondetemi se vi piaccia il patto.»
Risposi: «Il vostro non è un patto, ma uno scherno. Abbondai in buon volere con voi. La coscienza non mi obbliga più ad altro che ad augurarvi tutte le felicità per questa e per l'altra vita».
Così finì la mia clandestina relazione con quell'uomo - chi sa? - forse più inasprito dalla sventura e

delirante per disperazione, che malvagio.

CAPO XLII

Benedissi un'altra volta davvero la solitudine, ed i miei giorni passarono di nuovo per alcun tempo senza vicende.

Finì la state; nell'ultima metà di settembre, il caldo scemava. Ottobre venne; io mi rallegrava allora d'avere una stanza che nel verno doveva esser buona. Ecco una mattina il custode che mi dice avere ordine di mutarmi di carcere.

«E dove si va?»

«A pochi passi, in una camera più fresca.»

«E perché non pensarci quand'io moriva dal caldo, e l'aria era tutta zanzare, ed il letto era tutto cimici?»

«Il comando non è venuto prima.»

«Pazienza, andiamo.»

Bench'io avessi assai patito in quel carcere, mi dolse di lasciarlo; non soltanto perché nella fredda stagione doveva essere ottimo, ma per tanti perché. Io v'avea quelle formiche, ch'io amava e nutriva con sollecitudine, se non fosse espressione ridicola, direi quasi paterna. Da pochi giorni quel caro ragno di cui parlai, era, non so per qual motivo, emigrato; ma io diceva: "Chi sa che non si ricordi di me e non ritorni? Ed or che me ne vado, ritornerà forse, e troverà la prigione vota, o se vi sarà qualch'altro ospite, potrebbe essere un nemico de' ragni, e raschiar giù colla pantofola quella bella tela, e schiacciare la povera bestia! Inoltre quella trista prigione non m'era stata abbellita dalla pietà della Zanze? A quella finestra s'appoggiava sì spesso, e lasciava cadere generosamente i bricioli de' buzzolai alle mie formiche. Lì solea sedere; qui mi fece il tal racconto; qui il tal altro; là s'inchinava sul mio tavolino e le sue lagrime vi grondarono! ".

Il luogo ove mi posero era pur sotto i Piombi, ma a tramontana e ponente, con due finestre, una di qua, l'altra di là; soggiorno di perpetui raffreddori, e d'orribile ghiaccio ne' mesi rigidi.

La finestra a ponente era grandissima; quella a tramontana era piccola ed alta, al disopra del mio letto. M'affacciai prima a quella, e vidi che metteva verso il palazzo del patriarca. Altre prigioni erano presso la mia, in un'ala di poca estensione a destra, ed in uno sporgimento di fabbricato che mi stava dirimpetto. In quello sporgimento stavano due carceri, una sull'altra. La inferiore aveva un finestrone enorme, pel quale io vedea dentro passeggiare un uomo signorilmente vestito. Era il signor Caporali di Cesena. Questi mi vide, mi fece qualche segno, e ci dicemmo i nostri nomi.

Volli quindi esaminare dove guardasse l'altra mia finestra. Posi il tavolino sul letto e sul tavolino una sedia, m'arrampicai sopra, e vidi essere a livello d'una parte del tetto del palazzo. Al di là del palazzo appariva un bel tratto della città e della laguna.

Mi fermai a considerare quella bella veduta, e udendo che s'apriva la porta, non mi mossi. Era il custode, il quale scorgendomi lassù arrampicato, dimenticò ch'io non poteva passare come un sorcio attraverso le sbarre, pensò ch'io tentassi di fuggire, e nel rapido istante del suo turbamento saltò sul letto, ad onta di una sciatica che lo tormentava, e m'afferrò per le gambe, gridando come un'aquila.

«Ma non vedete,» gli dissi «o smemorato, che non si può fuggire per causa di queste sbarre? Non capite che salii per sola curiosità?»

«Vedo, sior, vedo, capisco, ma la cali giù, le digo, la cali, queste le son tentazion de scappar.»

E mi convenne discendere, e ridere.

CAPO XLIII

Alle finestre delle prigioni laterali conobbi sei altri detenuti per cose politiche.

Ecco dunque che, mentre io mi disponeva ad una solitudine maggiore che in passato, io mi trovo in una specie di mondo. A principio m'increbbe, sia che il lungo vivere romito avesse già fatto alquanto insocievole l'indole mia, sia che il dispiacente esito della mia conoscenza con Giuliano mi rendesse diffidente.

Nondimeno quel poco di conversazione che prendemmo a fare, parte a voce e parte a segni, parvemi in breve un beneficio, se non come stimolo ad allegrezza, almeno come divagamento. Della mia relazione con Giuliano non feci motto con alcuno. C'eravamo egli ed io dato parola d'onore che il segreto resterebbe sepolto in noi. Se ne favello in queste carte, gli è perché, sotto gli occhi di chiunque andassero, gli sarebbe impossibile indovinare chi, di tanti che giacevano in quelle carceri, fosse Giuliano.

Alle nuove mentovate conoscenze di concaptivi s'aggiunse un'altra che mi fu pure dolcissima

Dalla finestra grande io vedeva, oltre lo sporgimento di carceri che mi stava in faccia, una estensione di tetti, ornata di camini, d'altane, di campanili, di cupole, la quale andava a perdersi colla prospettiva del mare e del cielo. Nella casa più vicina a me, ch'era un'ala del patriarcato, abitava una buona famiglia, che acquistò diritti alla mia riconoscenza mostrandomi coi suoi saluti la pietà ch'io le ispirava.

Un saluto, una parola d'amore agl'infelici, è una gran carità!

Cominciò colà, da una finestra, ad alzare le sue manine verso me un ragazzetto di nove o dieci anni, e l'intesi gridare:

«Mamma, mamma, han posto qualcheduno lassù ne' Piombi. O povero prigioniero, chi sei?»

«Io sono Silvio Pellico» risposi.

Un altro ragazzo più grandicello corse anch'egli alla finestra, e gridò:

«Tu sei Silvio Pellico?»

«Sì, e voi cari fanciulli?»

«Io mi chiamo Antonio S..., e mio fratello Giuseppe.»

Poi si voltava indietro, e diceva: «Che cos'altro debbo dimandargli?».

Ed una donna, che suppongo essere stata lor madre, e stava mezzo nascosta, suggeriva parole gentili a que' cari figliuoli, ed essi le diceano, ed io ne li ringraziava colla più viva tenerezza.

Quelle conversazioni erano piccola cosa, e non bisognava abusarne per non far gridare il custode, ma ogni giorno ripetevansi con mia grande consolazione, all'alba, a mezzodì e a sera. Quando accendevano il lume, quella donna chiudeva la finestra, i fanciulli gridavano: «Buona notte, Silvio!» ed ella, fatta coraggiosa dall'oscurità, ripetea con voce commossa: «Buona notte, Silvio! coraggio!».

Quando que' fanciulli faceano colezione o merenda, mi diceano:

«Oh se potessimo darti del nostro caffè e latte! Oh se potessimo darti de' nostri buzzolai! Il giorno che andrai in libertà sovvengati di venirci a vedere. Ti daremo dei buzzolai belli e caldi, e tanti baci!»

CAPO XLIV

Il mese d'ottobre era la ricorrenza del più brutto de' miei anniversari Io era stato arrestato il 13 di esso mese dell'anno antecedente. Parecchie tristi memorie mi ricorrevano inoltre in quel mese. Due anni prima, in ottobre, s'era per funesto accidente annegato nel Ticino un valentuomo ch'io molto onorava. Tre anni prima, in ottobre, s'era involontariamente ucciso con uno schioppo Odoardo Briche, giovinetto ch'io amava quasi fosse stato mio figlio. A' tempi della mia prima gioventù, in ottobre, un'altra grave afflizione m'avea colpito.

Bench'io non sia superstizioso, il rincontrarsi fatalmente in quel mese ricordanze così infelici, mi rendea tristissimo.

Favellando dalla finestra con que' fanciulli e co' miei concaptivi, io mi fingea lieto, ma appena rientrato nel mio antro un peso inenarrabile di dolore mi piombava sull'anima.

Prendea la penna per comporre qualche verso o per attendere ad altra cosa letteraria, ed una forza irresistibile parea costringermi a scrivere tutt'altro. Che? lunghe lettere ch'io non poteva mandare; lunghe lettere alla mia cara famiglia, nelle quali io versava tutto il mio cuore. Io le scriveva sul tavolino, e poi le raschiava. Erano calde espressioni di tenerezza, e rimembranze della felicità ch'io aveva goduto presso genitori, fratelli e sorelle così indulgenti, così amanti. Il desiderio ch'io sentiva di loro m'ispirava un'infinità di cose appassionate. Dopo avere scritto ore ed ore, mi restavano sempre altri sentimenti a svolgere.

Questo era, sotto una nuova forma, un ripetermi la mia biografia, ed illudermi ridipingendo il passato; un forzarmi a tener gli occhi sul tempo felice che non era più. Ma, oh Dio! quante volte, dopo aver rappresentato con animatissimo quadro un tratto della mia più bella vita, dopo avere inebbriata la

fantasia fino a parermi ch'io fossi colle persone a cui parlava, mi ricordava repentinamente del presente, e mi cadea la penna ed inorridiva! Momenti veramente spaventosi eran quelli! Aveali già provati altre volte, ma non mai con convulsioni pari a quelle che or mi assalivano.
Io attribuiva tali convulsioni e tali orribili angosce al troppo eccitamento degli affetti, a cagione della forma epistolare ch'io dava a quegli scritti, e del dirigerli a persone si care.
Volli far altro, e non potea; volli abbandonare almeno la forma epistolare, e non potea. Presa la penna, e messomi a scrivere, ciò che ne risultava era sempre una lettera piena di tenerezza e di dolore.
"Non son io più libero del mio volere?" andava dicendo. "Questa necessità di fare ciò che non vorrei fare, è dessa uno stravolgimento del mio cervello? Ciò per l'addietro non m'accadeva. Sarebbe stata cosa spiegabile ne' primi tempi della mia detenzione; ma ora che sono maturato alla vita carceraria, ora che la fantasia dovrebbe essersi calmata su tutto, ora che mi son cotanto nutrito di riflessioni filosofiche e religiose, come divento io schiavo delle cieche brame del cuore, e pargoleggio così? Applichiamoci ad altro."
Cercava allora di pregare, o d'opprimermi collo studio della lingua tedesca. Vano sforzo! Io m'accorgeva di tornar a scrivere un'altra lettera.

CAPO XLV

Simile stato era una vera malattia; non so se debba dire, una specie di sonnambulismo. Era senza dubbio effetto d'una grande stanchezza, operata dal pensare e dal vegliare.
Andò più oltre. Le mie notti divennero costantemente insonni e per lo più febbrili. Indarno cessai di prendere caffè la sera; l'insonnia era la stessa.
Ma pareva che in me fossero due uomini, uno che voleva sempre scriver lettere, e l'altro che voleva far altro. "Ebbene" diceva io "transigiamo, scrivi pur lettere, ma scrivile in tedesco; così impareremo quella lingua. "
Quindi in poi scriveva tutto in un cattivo tedesco. Per tal modo almeno feci qualche progresso in quello studio.
Il mattino, dopo lunga veglia, il cervello spossato cadeva in qualche sopore. Allora sognava, o pinttosto delirava, di vedere il padre, la madre, o altro mio caro disperarsi sul mio destino. Udiva di loro i più miserandi singhiozzi, e tosto mi destava singhiozzando e spaventato.
Talvolta in que' brevissimi sogni sembravami d'udir la madre consolare gli altri, entrando con essi nel mio carcere, e volgermi le più sante parole sul dovere della rassegnazione; e quand'io più rallegrava del suo coraggio e del coraggio degli altri, ella prorompeva improvvisamente in lagrime, e tutti piangevano. Niuno può dire quali strazii fossero allora quelli all'anima mia.
Per uscire di tanta miseria, provai di non andare più affatto a letto. Teneva acceso il lume l'intera notte, e stava al tavolino a leggere e scrivere. Ma che? Veniva il momento ch'io leggeva, destissimo, ma senza capir nulla, e che assolutamente la testa più non mi reggeva a comporre pensieri. Allora io copiava qualche cosa, ma copiava ruminando tutt'altro che ciò ch'io scriveva, ruminando le mie afflizioni.
Eppure, s'io andava a letto era peggio. Niuna posizione m'era tollerabile, giacendo: m'agitava convulso, e conveniva alzarmi. Ovvero, se alquanto dormiva, que' disperanti sogni mi faceano più male del vegliare.
Le mie preci erano aride, e nondimeno io le ripeteva sovente; non con lungo orare di parole, ma invocando Dio! Dio unito all'uomo ed esperto degli umani dolori!
In quelle orrende notti, l'immaginativa mi s'esaltava talora in guisa che pareami, sebbene svegliato, or d'udir gemiti nel mio carcere, or d'udir risa soffocate. Dall'infanzia in poi non era mai stato credulo a streghe e folletti, ed or quelle risa e que' gemiti mi atterrivano, e non sapea come spiegar ciò, ed era costretto a dubitare s'io non fossi ludibrio d'incognite maligne potenze.
Più volte presi tremando il lume, e gridai se v'era alcuno sotto il letto che mi beffasse. Più volte mi venne il dubbio che m'avessero tolto dalla prima stanza e trasportato in questa perché ivi fosse qualche trabocchello, ovvero nelle pareti qualche secreta apertura, donde i miei sgherri spiassero tutto ciò ch'io faceva e si divertissero crudelmente a spaventarmi.

Stando al tavolino, or pareami che alcuno mi tirasse pel vestito, or che fosse data una spinta ad un libro, il quale cadeva a terra, or che una persona dietro a me soffiasse sul lume per ispegnerlo. Allora io balzava in piedi, guardava intorno, passeggiava con diffidenza, e chiedeva a me stesso s'io fossi impazzato od in senno. Non sapea più che cosa, di ciò ch'io vedeva e sentiva, fosse realtà od illusione, e sclamava con angoscia:
«Deus meus, Deus meus, ut quid dereliquisti me?»

CAPO XLVI

Una volta, andato a letto alquanto prima dell'alba, mi parve d'avere la più gran certezza d'aver messo il fazzoletto sotto il capezzale. Dopo un momento di sopore, mi destai al solito, e mi sembrava che mi strangolassero. Sento d'avere il collo strettamente avvolto. Cosa strana! Era avvolto col mio fazzoletto, legato forte a più nodi. Avrei giurato di non aver fatto que' nodi, di non aver toccato il fazzoletto, dacché l'avea messo sotto il capezzale. Convieni ch'io avessi operato sognando o delirando, senza più serbarne alcuna memoria; ma non potea crederlo, e d'allora in poi stava in sospetto ogni notte d'essere strangolato.
Capisco quanto simili vaneggiamenti debbano essere ridicoli altrui, ma a me che li provai faceano tal male che ne raccapriccio ancora.
Si dileguavano ogni mattino; e finché durava la luce del dì, io mi sentiva l'animo così rinfrancato contro que' terrori, che mi sembrava impossibile di doverli mai più patire. Ma al tramonto del sole io cominciava a rabbrividire, e ciascuna notte riconduceva le brutte stravaganze della precedente.
Quanto maggiore era la mia debolezza nelle tenebre, tanto maggiori erano i miei sforzi durante il giorno per mostrarmi allegro ne' colloquii co' compagni, co' due ragazzi del patriarcato e co' rnici carcerieri. Nessuno, udendomi scherzare com'io faceva, si sarebbe immaginato la misera infermità ch'io soffriva. Sperava con quegli sforzi di rinvigorirmi; ed a nulla giovavano. Quelle apparenze notturne, che il giorno io chiamava sciocchezze, la sera tornavano ad essere per me realtà spaventevoli.
Se avessi ardito, avrei supplicato la Commissione di mutarmi di stanza, ma non seppi mai indurmivi, temendo di far ridere.
Essendo vani tutti i raziocinii, tutti i proponimenti, tutti gli studii, tutte le preghiere, l'orribile idea d'essere totalmente e per sempre abbandonato da Dio s'impadronì di me.
Tutti que' maligni sofismi contro la Provvidenza, che in istato di ragione, poche settimane prima, m'apparivano sì stolti, or vennero a frullarmi nel capo bestialmente, e mi sembrarono attendibili. Lottai contro questa tentazione parecchi dì, poi mi vi abbandonai.
Sconobbi la bontà della religione; dissi, come avea udito dire da rabbiosi atei, e come testé Giuliano scriveami: «La religione non vale ad altro che ad indebolire le menti». M'arrogai di credere che rinunciando a Dio la mente mi si rinforzerebbe. Forsennata fiducia! Io negava Dio, e non sapea negare gl'invisibili malefici enti che sembravano circondarmi e pascersi de miei dolori.
Come qualificare quel martirio? Basta egli il dire ch'era una malattia? od era egli, nello stesso tempo, un castigo divino per abbattere il mio orgoglio e farmi conoscere che, senza un lume particolare, io potea divenire incredulo come Giuliano, e più insensato di lui?
Checché ne sia, Dio mi liberò di tanto male quando meno me l'aspettava.
Una mattina, preso il caffè, mi vennero vomiti violenti, e coliche. Pensai che m'avessero avvelenato. Dopo la fatica de' vomiti, era tutto in sudore, e stetti a letto. Verso mezzogiorno mi addormentai, e dormii placidamente fino a sera.
Mi svegliai, sorpreso di tanta quiete; e, parendomi di non aver più sonno, m'alzai. "Stando alzato" diss'io "sarò più forte contro i soliti terrori."
Ma i terrori non vennero. Giubilai, e nella piena della mia riconoscenza, tornando a sentire Iddio, mi

gettai a terra ad adorarlo e chiedergli perdono d'averlo per più giorni negato. Quell'effusione di gioia esaurì le mie forze, e fermatomi in ginocchio alquanto, appoggiato ad una sedia, fui ripigliato dal sonno, e m'addormentai in quella posizione.
Di lì non so se ad un'ora o più ore, mi desto a mezzo, ma appena ho tempo di buttarmi vestito sul letto, e ridormo sino all'aurora. Fui sonnolento ancor tutto il giorno; la sera mi coricai presto, e dormii l'intera notte. Qual crisi erasi operata in me? Lo ignoro, ma io era guarito.

CAPO XLVII

Cessarono le nausee che pativa da lungo tempo il mio stomaco, cessarono i dolori di capo, e mi venne un appetito straordinario. Io digeriva eccellentemente, e cresceva in forze. Mirabile Provvidenza! ella m'avea tolto le forze per umiliarmi; ella me le rendea perché appressavasi l'epoca delle sentenze, e volea ch'io non soccombessi al loro annunzio.
Addì 24 novembre, uno de' nostri compagni, il dottor Foresti, fu tolto dalle carceri de' Piombi e trasportato non sapevam dove. Il custode, sue moglie ed i secondini erano atterriti; niuno di loro volea darmi luce su questo mistero
«E che cosa vuol ella sapere,» diceami Tremerello «se nulla v'è di buono a sanare? Le ho detto già troppo, le ho detto già troppo.»
«Su via, che serve il tacere?» gridai raccapricciando «non v'ho io capito? Egli è dunque condannato a morte?»
«Chi?... egli?... il dottor Foresti...»
Tremerello esitava; ma la voglia di chiacchierare non era l'infima delle sue virtù.
«Non dica poi che son ciarlone; io non volea proprio aprir bocca su queste cose. Si ricordi che m'ha costretto»
«Sì, sì, v'ho costretto; ma, animo! ditemi tutto Che n'è del povero Foresti?»
«Ah, signore! gli fecero passare il ponte de' Sospiri! egli è nelle carceri criminali! La sentenza di morte è state letta a lui e a due altri.»
«E si eseguirà? quando? Oh miseri! E chi sono gli altri due?»
«Non so altro, non so altro. Le sentenze non sono ancora pubblicate. Si dice per Venezia che vi saranno parecchie commutazioni di pena. Dio volesse che la morte non s'eseguisse per nessuno di loro! Dio volesse che, se non son tutti salvi da morte, ella almeno lo fosse! Io ho messo a lei tale affezione... perdoni la libertà... come se fosse un mio fratello!»
E se n'andò commosso. Il lettore può pensare in quale agitazione io mi trovassi tutto quel dì, e la notte seguente, e tanti altri giorni, che nulla di più potei sapere.
Durò l'incertezza un mese: finalmente le sentenze relative al primo processo furono pubblicate. Colpivano molte persone, nove delle quali erano condannate a morte, e poi per grazia a carcere duro, quali per vent'anni, quali per quindici (e ne' due casi doveano scontar la pena nella fortezza di Spielberg, presso la città di Brünn in Moravia), quali per dieci anni o meno (ed allora andavano nella fortezza di Lubiana).
L'essere stata commutata la pena a tutti quelli del primo processo, era egli argomento che la morte dovesse risparmiarsi anche a quelli del secondo? Ovvero l'indulgenza sarebbesi usata ai soli primi, perché arrestati prima delle notificazioni che si pubblicarono contro le società secrete, e tutto il rigore cadrebbe sui secondi?
"La soluzione del dubbio non può esser lontana;" diss'io "sia ringraziato il Cielo, che ho tempo di prevedere la morte e d'apparecchiarmivi."

CAPO XLVIII

Era mio unico pensiero il morire cristianamente e col debito coraggio. Ebbi la tentazione di sottrarmi al patibolo col suicidio, ma questa sgombrò. "Qual merito evvi a non lasciarsi ammazzare da un carnefice, ma rendersi invece carnefice di sé? Per salvar l'onore? E non è una fanciullaggine il credere che siavi più onore nel fare una burla al carnefice, che nel non fargliela, quando pur sia forza morire?" Anche se non fossi stato cristiano, il suicidio, riflettendovi, mi sarebbe sembrato un piacere sciocco, una inutilità. "Se il termine della mia vita è venuto," m'andava io dicendo "non sono io fortunato, che sia in guisa da lasciarmi tempo per raccogliermi e purificare la coscienza con desideri e pentimenti degni d'un uomo? Volgarmente giudicando, l'andare al patibolo è la peggiore delle morti: giudicando da savio, non è dessa migliore delle tante morti che avvengono per malattia, con grande indebolimento d'intelletto, che non lascia più luogo a rialzar l'anima da pensieri bassi?»

La giustezza di tal ragionamento mi penetrò sì forte nello spirito, che l'orror della morte, e di quella specie di morte, si dileguava interamente da me. Meditai molto sui sacramenti che doveano invigorirmi al solenne passo, e mi parea d'essere in grado di riceverli con tali disposizioni da provarne l'efficacia. Quell'altezza d'animo ch'io credea d'avere, quella pace, quell'indulgente affezione verso coloro che m'odiavano, quella gioia di poter sacrificare la mia vita alla volontà di Dio, le avrei io serbate s'io fossi stato condotto al supplizio? Ahi! che l'uomo è pieno di contraddizioni, e quando sembra essere più gagliardo e più santo può cadere fra un istante in debolezza ed in colpa! Se allora io sarei morto degnamente, Dio solo il sa. Non mi stimo abbastanza da affermarlo.

Intanto la verisimile vicinanza della morte fermava su questa idea siffattamente la mia immaginazione, che il morire pareami non solo possibile, ma significato da infallibile presentimento. Niuna speranza d'evitare questo destino penetrava più nel mio cuore, e ad ogni suono di pedate e di chiavi, ad ogni aprirsi della mia porta, io mi dicea: "Coraggio! forse vengono a prenderti per udire la sentenza. Ascoltiamola con dignitosa tranquillità, e benediciamo il Signore».

Meditai ciò ch'io dovea scrivere per l'ultima volta alla mia famiglia, e partitamente al padre, alla madre, a ciascun dei fratelli, e a ciascuna delle sorelle; e volgendo in mente quelle espressioni d'affetti sì profondi e sì sacri, io m'inteneriva con molta dolcezza, e piangeva, e quel pianto non infiacchiva la mia rassegnata volontà.

Come non sarebbe ritornata l'insonnia? Ma quanto era diversa dalla prima! Non udiva né gemiti né risa nella stanza; non vaneggiava né di spiriti né d'uomini nascosti. La notte m'era più deliziosa del giorno, perché io mi concentrava di più nella preghiera. Verso le quattr'ore io solea mettermi a letto, e dormiva placidamente circa due ore. Svegliatomi, stava in letto tardi per riposare. M'alzava verso le undici.

Una notte, io m'era coricato alquanto prima del solito ed avea dormito appena un quarto d'ora, quando, ridesto, m'apparve un'immensa luce nella parete in faccia a me. Temetti d'esser ricaduto ne' passati delirii; ma ciò ch'io vedeva non era un'illusione. Quella luce veniva dal finestruolo a tramontana, sotto il quale io giaceva.

Balzo a terra, prendo il tavolino, lo metto sul letto, vi sovrappongo una sedia, ascendo; - e veggo uno de' più belli e terribili spettacoli di fuoco, ch'io potessi immaginarmi.

Era un grande incendio, a un tiro di schioppo dalle nostre carceri. Prese alla casa ov'erano i forni pubblici, e la consumò.

La notte era oscurissima, e tanto più spiccavano que' vasti globi di fiamme e di fumo, agitati com'erano da furioso vento. Volavano scintille da tutte le parti, e sembrava che il cielo le piovesse. La vicina laguna rifletteva l'incendio. Una moltitudine di gondole andava e veniva. Io m'immaginava lo spavento ed il pericolo di quelli che abitavano nella casa incendiata e nelle vicine, e li compiangeva. Udiva lontane voci d'uomini e donne che si chiamavano: Tognina! Momolo! Beppo! Zanze!. Anche il nome di Zanze mi sonò all'orecchio! Ve ne sono migliaia a Venezia; eppure io temeva che potesse essere quell'una, la cui memoria m'era sì soave! "Fosse mai là quella sciagurata? e circondata forse dalle

fiamme? Oh potessi scagliarmi a liberarla!"
Palpitando, raccapricciando, ammirando, stetti sino all'aurora a quella finestra; poi discesi oppresso da tristezza mortale, figurandomi molto più danno che non era avvenuto. Tremerello mi disse non essere arsi se non i forni e gli annessi magazzini, con grande quantità di sacchi di farina.

CAPO XLIX

La mia fantasia era ancora vivamente colpita dall'aver veduto quell'incendio, allorché, poche notti appresso - io non era ancora andato a letto, e stava al tavolino studiando, e tutto intirizzito dal freddo -, ecco voci poco lontane: erano quelle del custode, di sua moglie, de' loro figli, de' secondini: «Il fogo! il fogo. Oh Beata Vergine! oh noi perdui!».
Il freddo mi cessò in un istante: balzai tutto sudato in piedi, e guardai intorno se già si vedevano fiamme. Non se ne vedevano.
L'incendio per altro era nel palazzo stesso, in alcune stanze ufficio vicine alle carceri.
Uno de' secondini gridava: «Ma, sior paron, cossa faremo de sti siori ingabbiai, se el fogo s'avanza?».
Il custode rispondeva: «Mi no gh'ho cor de lassarli abbrustolar. Eppur no se po averzeri le preson, senza el permesso de la Commission. Anemo, digo, corrè dunque a dimandar sto permesso».
«Vado de botto, sior, ma la risposta no sarà miga in tempo, sala»
E dov'era quella eroica rassegnazione ch'io teneami così sicuro di possedere, pensando alla morte? Perché l'idea di bruciar vivo mi mettea la febbre? Quasiché ci fosse maggior piacere a lasciarsi stringer la gola che a bruciare! Pensai a ciò, e mi vergognai della mia paura; stava per gridare al custode che per carità m'aprisse, ma mi frenai. Nondimeno io avea paura.
"Ecco," diss'io "qual sarà il mio coraggio, se scampato dal fuoco verrò condotto a morte! Mi frenerò, nasconderò altrui la mia viltà, ma tremerò. Se non che... non è egli pure coraggio l'operare come se non si sentissero tremiti, e sentirli? Non è egli generosità lo sforzarsi di dar volentieri ciò che rincresce di dare? Non è egli obbedienza l'obbedire ripugnando?"
Il trambusto nella casa del custode era sì forte, che indicava un pericolo sempre crescente. Ed il secondino ito a chiedere la permissione di trarci di que' luoghi, non ritornava! Finalmente sembrommi d'intendere la sua voce. Ascoltai, e non distinsi le sue parole. Aspetto, spero; indarno! nessuno viene. Possibile che non siasi conceduto di traslocarci in salvo dal fuoco? E se non ci fosse più modo di scampare? E se il custode e la sua famiglia stentassero a mettere in salvo se medesimi, e nessuno più pensasse ai poveri ingabbiai?
"Tant'è," ripigliava io "questa non è filosofia, questa non è religione! Non farei io meglio d'apparecchiarmi a veder le fiamme entrare nella mia stanza e divorarmi?"
Intanto i romori scemavano. A poco a poco non udii più nulla. "È questo prova esser cessato l'incendio? Ovvero tutti quelli che poterono sarann'essi fuggiti, e non rimangono più qui se non le vittime abbandonate a sì crudel fine?"
La continuazione del silenzio mi calmò: conobbi che il fuoco doveva essere spento.
Andai a letto, e mi rimproverai come viltà l'affanno sofferto; ed or che non si trattava più di bruciare, m'increbbe di non esser bruciato, piuttosto che avere fra pochi giorni ad essere ucciso dagli uomini.
La mattina seguente intesi da Tremerello qual fosse stato l'incendio, e risi della paura ch'ei mi disse aver avuta; quasi che la mia non fosse stata eguale o maggiore della sua.

CAPO L

Addì 11 gennaio (1822), verso le 9 del mattino, Tremerello coglie un'occasione per venire da me, e tutto agitato mi dice:
«Sa ella che nell'isola di San Michele di Murano, qui poco lontano da Venezia, v'è una prigione dove sono forse più di cento carbonari?»

«Me l'avete già detto altre volte. Ebbene... che volete dire?... Su, parlate. Havvene forse di condannati?»
«Appunto.»
«Quali?»
«Non so.»
«Vi sarebbe mai il mio infelice Maroncelli?»
«Ah signore! non so, non so chi vi sia.»
Ed andossene turbato, e guardandomi con atti di compassione.
Poco appresso viene il custode, accompagnato da' secondini e da un uomo ch'io non avea mai veduto. Il custode parea confuso. L'uomo nuovo prese la parola:
«Signore, la Commissione ha ordinato ch'ella venga con me.»
«Andiamo;» dissi «e voi dunque chi siete?»
«Sono il custode delle carceri di San Michele, dov'ella dev'essere tradotta.»
Il custode de' Piombi consegnò a questo i denari miei, ch'egli avea nelle mani. Dimandai ed ottenni la permissione di far qualche regalo a' secondini. Misi in ordine la mia roba, presi la Bibbia sotto il braccio, e partii. Scendendo quelle infinite scale, Tremerello mi strinse furtivamente la mano; parea voler dirmi: "Sciagurato! tu sei perduto".
Uscimmo da una porta che mettea sulla laguna; e quivi era una gondola con due secondini del nuovo custode
Entrai in gondola, ed opposti sentimenti mi commoveano: - un certo rincrescimento d'abbandonare il soggiorno dei Piombi, ove molto avea patito, ma ove pure io m'era affezionato ad alcuno, ed alcuno erasi affezionato a me, - il piacere di trovarmi, dopo tanti mesi di reclusione, all'aria aperta, di vedere il cielo e la città e le acque, senza l'infausta quadratura delle inferriate, - il ricordarmi la lieta gondola che in tempo tanto migliore mi portava per quella laguna medesima, e le gondole del lago di Como e quelle del lago Maggiore, e le barchette del Po, e quelle del Rodano e della Sonna!... Oh ridenti anni svaniti! E chi era stato, al mondo, felice al pari di me?
Nato da' più amorevoli parenti, in quella condizione che non è povertà, e che avvicinandoti quasi egualmente al povero ed al ricco t'agevola il vero conoscimento de' due stati - condizione ch'io reputo la più vantaggiosa per coltivare gli affetti -; io, dopo un'infanzia consolata da dolcissime cure domestiche, era passato a Lione presso un vecchio cugino materno, ricchissimo e degnissimo delle sue ricchezze, ove tutto ciò che può esservi d'incanto per un cuore bisognoso d'eleganza e d'amore avea deliziato il primo fervore della mia gioventù: di lì tornato in Italia, e domiciliato co' genitori a Milano, avea proseguito a studiare ed amare la società ed i libri, non trovando che amici egregi, e lusinghevole plauso. Monti e Foscolo, sebbene avversarli fra loro, m'erano benevoli egualmente. M'affezionai più a quest'ultimo; e siffatto iracondo uomo, che colle sue asprezze provocava tanti a disamarlo, era per me tutto dolcezza e cordialità, ed io lo riveriva teneramente. Gli altri letterati d'onore m'amavano anch'essi, com'io li riamava. Niuna invidia, niuna calunnia m'assalì mai, od almeno erano di gente sì screditata che non potea nuocere. Alla caduta del regno d'Italia, mio padre avea riportato il suo domicilio a Torino, col resto della famiglia, ed io, procrastinando di raggiungere sì care persone, avea finito per rimanermi a Milano, ove tanta felicità mi circondava, da non sapermi indurre ad abbandonarla.
Fra altri ottimi amici, tre, in Milano, predominavano sul mio cuore, D. Pietro Borsieri, Monsign. Lodovico di Breme, ed il conte Luigi Porro Lambertenghi. Vi s'aggiunse in appresso il conte Federigo Confalonieri. Fattomi educatore di due bambini di Porro, io era a quelli come un padre, ed al loro padre come un fratello. In quella casa affluiva tutto ciò non solo che avea di più colto la città, ma copia di ragguardevoli viaggiatori. Ivi conobbi la Stäel, Schlegel, Davis, Byron, Hobhouse, Brougham, e molti altri illustri di varie parti d'Europa. Oh quanto rallegra, e quanto stimola ad ingentilirsi, la conoscenza degli uomini di merito! Sì, io era felice! io non avrei mutata la mia sorte con quella d'un principe! - E da sorte sì gioconda balzare tra sgherri, passare di carcere in carcere, e finire per essere strozzato, o perire nei ceppi!

CAPO LI

Volgendo tai pensieri, giunsi a San Michele, e fui chiuso in una stanza che avea la vista d'un cortile, della laguna e della belle isola di Murano. Chiesi di Maroncelli al custode, alla moglie sua, a quattro secondini. Ma mi faceano visite brevi e piene di diffidenza, e non voleano dirmi niente
Nondimeno, dove son cinque o sei persone egli è difficile che non se ne trovi una vogliosa di compatire e di parlare. Io trovai tal persona, e seppi quanto segue:
Maroncelli, dopo essere stato lungamente solo, era stato messo col conte Camillo Laderchi: quest'ultimo era uscito di carcere, da pochi giorni, come innocente, ed il primo tornava ad esser solo. De' nostri compagni erano anche usciti, come innocenti, il professor Gian-Domenico Romagnosi, ed il conte Giovanni Arrivabene. Il capitano Rezia ed il signor Canova erano insieme. Il professor Ressi giacea moribondo, in un carcere vicino a quello di questi due.
«Di quelli che non sono usciti» diss'io «le condanne son dunque venute. E che s'aspetta a palesarcele? Forse che il povero Ressi muoia, o sia in grado d'udire la sentenza, non è vero?»
«Credo di sì.»
Tutti i giorni io dimandava dell'infelice.
«Ha perduto la parola; - l'ha riacquistata, ma vaneggia e non capisce; - dà pochi segni di vita; - sputa sovente sangue, e vaneggia ancora; - sta peggio; - sta meglio; - è in agonia.»
Tali risposte mi si diedero per più settimane. Finalmente una mattina mi si disse: «È morto!».
Versai una lagrima per lui, e mi consolai pensando ch'egli aveva ignorata la sua condanna!
Il dì seguente, 21 febbraio (1822), il custode viene a prendermi: erano le dieci antimeridiane. Mi conduce nella sale della Commissione, e si ritira. Stavano seduti, e si alzarono, il presidente, l'inquisitore e i due giudici assistenti.
Il presidente, con atto di nobile commiserazione, mi disse che la sentenza era venuta, e che il giudizio era stato terribile, ma già l'Imperatore l'aveva mitigato.
L'inquisitore mi lesse la sentenza: «Condannato a morte». Poi lesse il rescritto imperiale: «La pena è commutata in quindici anni di carcere duro, da scontarsi nella fortezza di Spielberg».
Risposi: «Sia fatta là volontà di Dio!».
E mia intenzione era veramente di ricevere da cristiano questo orrendo colpo, e non mostrare né nutrire risentimento contro chicchessia.
Il presidente lodò la mia tranquillità, e mi consigliò a serbarla sempre, dicendomi che da questa tranquillità potea dipendere l'essere forse, fra due o tre anni, creduto meritevole di maggior grazia. (Invece di due o tre, furono poi molti di più.)
Anche gli altri giudici mi volsero parole di gentilezza e di speranza. Ma uno di loro che nel processo m'era ognora sembrato molto ostile, mi disse alcun che di cortese che pur pareami pungente; e quella cortesia giudicai che fosse smentita dagli sguardi, ne' quali avrei giurato essere un riso di gioia e d'insulto.
Or non giurerei più che fosse così: posso benissimo essermi ingannato. Ma il sangue allora mi si rimescolò, e stentai a non prorompere in furore. Dissimulai, e mentre ancora mi lodavano della mia cristiana pazienza, io già l'aveva in segreto perduta.
«Dimani» disse l'inquisitore «ci rincresce di doverle annunciare la sentenza in pubblico; ma è formalità impreteribile.»
«Sia pure» dissi.
«Da quest'istante le concediamo» soggiunse «la compagnia del suo amico.»
E chiamato il custode, mi consegnarono di nuovo a lui, dicendogli che fossi messo con Maroncelli.

CAPO LII

Qual dolce istante fu per l'amico e per me il rivederci, dopo un anno e tre mesi di separazione e di tanti dolori! Le gioie dell'amicizia ci fecero quasi dimenticare per alcuni istanti la condanna.
Mi strappai nondimeno tosto dalle sue braccia, per prendere la penna e scrivere a mio padre. Io bramava ardentemente che l'annuncio della mia triste sorte giungesse alla famiglia da me, piuttosto che da altri, affinché lo strazio di quegli amati cuori venisse temperato dal mio linguaggio di pace e di religione. I giudici mi promisero di spedir subito quella lettera.
Dopo ciò Maroncelli mi parlò del suo processo, ed io del mio, ci confidammo parecchie carcerarie peripezie, andammo alla finestra, salutammo tre altri amici ch'erano alle finestre loro: due erano Canova e Rezia, che trovavansi insieme, il primo condannato a sei anni di carcere duro ed il secondo a tre; il terzo era il dottor Cesare Armari, che ne' mesi precedenti era stato mio vicino ne' Piombi. Questi non aveva avuto alcuna condanna, ed uscì poi dichiarato innocente.
Il favellare cogli uni e cogli altri fu piacevole distrazione per tutto il dì e tutta la sera. Ma andati a letto, spento il lume, e fatto silenzio, non mi fu possibile dormire, la testa ardevami, ed il cuore sanguinava, pensando a casa mia. - Reggerebbero i miei vecchi genitori a tanta sventura? Basterebbero gli altri lor figli a consolarli? Tutti erano amati quanto io, e valeano più di me; ma un padre ed una madre trovano essi mai, ne' figli che lor restano, un compenso per quello che pèrdono?
Avessi solo pensato a' congiunti ed a qualche altra diletta persona! La lor ricordanza mi affliggeva e m'inteneriva. Ma pensai anche al creduto riso di gioia e d'insulto di quel giudice, al processo, al perché delle condanne, alle passioni politiche, alla sorte di tanti miei amici... e non seppi più giudicare con indulgenza alcuno dei miei avversarii. Iddio mi metteva in una gran prova! Mio debito sarebbe stato di sostenerla con virtù. Non potei! non volli! La voluttà dell'odio mi piacque più del perdono: passai una notte d'inferno.
Il mattino, non pregai. L'universo mi pareva opera d'una potenza nemica del bene. Altre volte era già stato così calunniatore di Dio; ma non avrei creduto di ridivenirlo, e ridivenirlo in poche ore! Giuliano ne' suoi massimi furori non poteva essere più empio di me. Ruminando pensieri di odio, principalmente quand'uno è percosso da somma sventura, la quale dovrebbe renderlo vieppiù religioso, foss'egli anche stato giusto, diventa iniquo. Si, foss'egli anche stato giusto; perocché non si può odiare senza superbia. E chi sei tu, o misero mortale, per pretendere che niuno tuo simile ti giudichi severamente? per pretendere che niuno ti possa far male di buona fede, credendo d'operare con giustizia? per lagnarti, se Dio permette che tu patisca piuttosto in un modo che in un altro?
Io mi sentiva infelice di non poter pregare; ma ove regna superbia, non rinviensi altro Dio che sé medesimo.
Avrei voluto raccomandare ad un supremo soccorritore i miei desolati parenti, e più in lui non credeva.

CAPO LIII

Alle 9 antimeridiane, Maroncelli ed io fummo fatti entrare in gondola, e ci condussero in città. Approdammo al palazzo del Doge, e salimmo alle carceri. Ci misero nella stanza ove pochi giorni prima era il signor Caporali; ignoro ove questi fosse stato tradotto. Nove o dieci sbirri sedeano a farci guardia, e noi passeggiando aspettavamo l'istante di esser tratti in piazza L'aspettazione fu lunga. Comparve soltanto a mezzodì l'inquisitore, ad annunciarci che bisognava andare. Il medico si presentò, suggerendoci di bere un bicchierino d'acqua di menta; accettammo, e fummo grati, non tanto di questa, quanto della profonda compassione che il buon vecchio ci dimostrava. Era il dottor Dosmo. S'avanzò

quindi il capo-sbirro, e ci pose le manette. Seguimmo lui, accompagnati dagli altri sbirri.
Scendemmo la magnifica scala de' giganti, ci ricordammo del doge Marin Faliero, ivi decapitato, entrammo nel gran portone che dal cortile del palazzo mette sulla piazzetta, e qui giunti voltammo verso la laguna. A mezzo della piazzetta era il palco ove dovemmo salire. Dalla scala de' giganti fino a quel palco stavano due file di soldati tedeschi; passammo in mezzo ad esse.
Montati là sopra, guardammo intorno, e vedemmo in quell'immenso popolo il terrore. Per varie parti in lontananza schieravansi altri armati. Ci fu detto, esservi i cannoni colle micce accese dappertutto.
Ed era quella piazzetta, ove nel settembre 1820, un mese prima del mio arresto, un mendico aveami detto: «Questo è luogo di disgrazia!».
Sovvènnemi di quel mendico, e pensai: "Chi sa, che in tante migliaia di spettatori non siavi anch'egli, e forse mi ravvisi?".
Il capitano tedesco gridò che ci volgessimo verso il palazzo e guardassimo in alto. Obbedimmo, e vedemmo sulla loggia un curiale con una carta in mano. Era la sentenza. La lesse con voce elevata.
Regnò profondo silenzio sino all'espressione: condannati a morte. Allora s'alzò un generale mormorio di compassione. Successe nuovo silenzio per udire il resto della lettura. Nuovo mormorio s'alzò all'espressione: condannati a carcere duro, Maroncelli per vent'anni, e Pellico per quindici.
Il capitano ci fe' cenno di scendere. Gettammo un'altra volta lo sguardo intorno, e scendemmo.
Rientrammo nel cortile, risalimmo lo scalone, tornammo nella stanza donde eravamo stati tratti, ci tolsero le manette, indi fummo ricondotti a San Michele.

CAPO LIV

Quelli ch'erano stati condannati avanti noi, erano già partiti per Lubiana e per lo Spielberg, accompagnati da un commissario di polizia. Ora aspettavasi il ritorno del medesimo commissario, perché conducesse noi al destino nostro. Questo intervallo durò un mese.
La mia vita era allora di molto favellare ed udir favellare, per distrarmi. Inoltre Maroncelli mi leggeva le sue composizioni letterarie, ed io gli leggeva le mie. Una sera lessi dalla finestra l'Ester d'Engaddi a Canova, Rezia ed Armari; e la sera seguente l'Iginia d'Asti.
Ma la notte io fremeva e piangeva, e dormiva poco o nulla.
Bramava, e paventava ad un tempo, di sapere come la notizia del mio infortunio fosse stata ricevuta da' miei parenti.
Finalmente venne una lettera di mio padre. Qual fu il mio dolore, vedendo che l'ultima da me direttagli non gli era stata spedita subito, come io avea tanto pregato l'inquisitore! L'infelice padre, lusingatosi sempre che sarei uscito senza condanna, presa un giorno la «Gazzetta di Milano», vi trovò la mia sentenza! Egli stesso mi narrava questo crudele fatto, e mi lasciava immaginare quanto l'anima sua ne rimanesse straziata.
Oh come, insieme all'immensa pietà che sentii di lui, della madre, e di tutta la famiglia, arsi di sdegno, perché la lettera mia non fosse stata sollecitamente spedita! Non vi sarà stata malizia in questo ritardo, ma io la supposi infernale; io credetti di scorgervi un raffinamento di barbarie, un desiderio che il flagello avesse tutta la gravezza possibile anche per gl'innocenti miei congiunti. Avrei voluto poter versare un mare di sangue, per punire questa sognata inumanità.
Or che giudico pacatamente, non la trovo verisimile. Quel ritardo non nacque, senza dubbio, da altro che da noncuranza.
Furibondo qual io era, fremetti udendo che i miei compagni si proponeano di far la Pasqua prima di partire, e sentii ch'io non dovea farla, stante la niuna mia volontà di perdonare. Avessi dato questo scandalo!

CAPO LV

Il commissario giunse alfine di Germania, e venne a dirci che fra due giorni partiremmo.
«Ho il piacere» soggiunse «di poter dar loro una consolazione. Tornando dallo Spielberg, vidi a Vienna S.M. l'Imperatore, il quale mi disse che i giorni di pena di lor signori vuol valutarli non di 24 ore, ma di 12. Con questa espressione intende significare che la pena è dimezzata.»
Questo dimezzamento non ci venne poi mai annunziato officialmente, ma non v'era alcuna probabilità che il commissario mentisse; tanto più che non ci diede già quella nuova in segreto, ma conscia la Commissione.
Io non seppi neppur rallegrarmene. Nella mia mente erano poco meno orribili sett'anni e mezzo di ferri, che quindici anni. Mi pareva impossibile di vivere sì lungamente.
La mia salute era di nuovo assai misera. Pativa dolori di petto gravi, con tosse, e credea lesi i polmoni. Mangiava poco, e quel poco nol digeriva.
La partenza fu nella notte tra il 25 ed il 26 marzo. Ci fu permesso d'abbracciare il dottor Cesare Armari nostro amico. Uno sbirro c'incatenò trasversalmente la mano destra ed il piede sinistro, affinché ci fosse impossibile fuggire. Scendemmo in gondola, e le guardie remigarono verso Fusina.
Ivi giunti, trovammo allestiti due legni. Montarono Rezia e Canova nell'uno; Maroncelli ed io nell'altro. In uno dei legni era co' due prigioni il commissario, nell'altro un sottocommissario cogli altri due. Compivano il convoglio sei o sette guardie di polizia, armate di schioppo e sciabola, distribuite parte dentro i legni, parte sulla cassetta del vetturino.
Essere costretto da sventura ad abbandonare la patria è sempre doloroso, ma abbandonarla incatenato, condotto in climi orrendi, destinato a languire per anni fra sgherri, è cosa sì straziante che non v'ha termini per accennarla!
Prima di varcare le Alpi, vieppiù mi si facea cara d'ora in ora la mia nazione, stante la pietà che dappertutto ci dimostravano quelli che incontravamo. In ogni città, in ogni villaggio, per ogni sparso casolare, la notizia della nostra condanna essendo già pubblica da qualche settimana, eravamo aspettati. In parecchi luoghi, i commissarii e le guardie stentavano a dissipare la folla che ne circondava. Era mirabile il benevolo sentimento che veniva palesato a nostro riguardo.
In Udine ci accadde una commovente sorpresa. Giunti alla locanda, il commissario fece chiudere la porta del cortile e respingere il popolo. Ci assegnò una stanza, e disse ai camerieri che ci portassero da cena e l'occorrente per dormire. Ecco un istante appresso entrare tre uomini, con materassi sulle spalle. Qual è la nostra meraviglia, accorgendoci che solo uno di loro è al servizio della locanda, e che gli altri sono due nostri conoscenti! Fingemmo d'aiutarli a por giù i materassi, e toccammo loro furtivamente la mano. Le lagrime sgorgavano dal cuore ad essi ed a noi. Oh quanto ci fu penoso di non poterle versare tra le braccia gli uni degli altri!
I commissarii non s'avvidero di quella pietosa scena, ma dubitai che una delle guardie penetrasse il mistero, nell'atto che il buon Dario mi stringeva la mano. Quella guardia era un veneto. Mirò in volto Dario e me, impallidì, sembrò tentennare se dovesse alzar la voce, ma tacque, e pose gli occhi altrove, dissimulando. Se non indovinò che quelli erano amici nostri, pensò almeno che fossero camerieri di nostra conoscenza.

CAPO LVI

Il mattino partivamo d'Udine, ed albeggiava appena: quell'affettuoso Dario era già nella strada, tutto mantellato; ci salutò ancora, e ci seguì lungo tempo. Vedemmo anche una carrozza venirci dietro per

due o tre miglia. In essa qualcheduno facea sventolare un fazzoletto. Alfine retrocesse. Chi sarà stato? Lo supponemmo.
Oh Iddio benedica tutte le anime generose che non s'adontano d'amare gli sventurati! Ah, tanto più le apprezzo, dacché, negli anni della mia calamità, ne conobbi pur di codarde, che mi rinnegarono e credettero vantaggiarsi ripetendo improperii contro di me. Ma quest'ultime furono poche, ed il numero delle prime non fu scarso.
M'ingannava, stimando che quella compassione che trovavamo in Italia dovesse cessare laddove fossimo in terra straniera. Ah il buono è sempre compatriota degl'infelici! Quando fummo in paesi illirici e tedeschi avveniva lo stesso che ne' nostri. Questo gemito era universale: arme Herren! (poveri signori!).
Talvolta, entrando in qualche paese, le nostre carrozze erano obbligate a fermarsi, avanti di decidere ove s'andasse ad alloggiare. Allora la popolazione si serrava intorno a noi, ed udivamo parole di compianto che veramente prorompevano dal cuore. La bontà di quella gente mi commoveva più ancora di quella de' miei connazionali. Oh come io era riconoscente a tutti! Oh quanto è soave la pietà de' nostri simili! Quanto è soave l'amarli!
La consolazione ch'io indi traea, diminuiva persino i miei sdegni contro coloro ch'io nomava miei nemici.
"Chi sa" pensavo io "se vedessi da vicino i loro volti, e se essi vedessero me, e se potessi leggere nelle anime loro, ed essi nella mia, chi sa ch'io non fossi costretto a confessare non esservi alcuna scelleratezza in loro; ed essi, non esservene alcuna in me! Chi sa che non fossimo costretti a compatirci a vicenda e ad amarci!"
Pur troppo sovente gli uomini s'abborrono, perché reciprocamente non si conoscono; e se scambiassero insieme qualche parola, uno darebbe fiducialmente il braccio all'altro.
Ci fermammo un giorno a Lubiana, ove Canova e Rezia furono divisi da noi e condotti nel castello; è facile immaginarsi quanto questa separazione fosse dolorosa per tutti quattro.
La sera del nostro arrivo a Lubiana ed il giorno seguente, venne a farci cortese compagnia un signore che ci dissero, se io bene intesi, essere un segretario municipale. Era molto umano, e parlava affettuosamente e dignitosamente di religione. Dubitai che fosse un prete: i preti in Germania sogliono vestire affatto come secolari. Era di quelle facce sincere che ispirano stima: m'increbbe di non poter fare più lunga conoscenza con lui, e m'incresce d'avere avuto la storditezza di dimenticare il suo nome.
Quanto dolce mi sarebbe anche di sapere il tuo nome, o giovinetta, che in un villaggio della Stiria ci seguisti in mezzo alla turba; e poi, quando la nostra carrozza dovette fermarsi alcuni minuti, ci salutasti con ambe le mani, indi partisti col fazzoletto agli occhi, appoggiata al braccio d'un garzone mesto, che alle chiome biondissime parea tedesco, ma che forse era stato in Italia, ed avea preso amore alla nostra infelice nazione!
Quanto dolce mi sarebbe di sapere il nome di ciascuno di voi, o venerandi padri e madri di famiglia, che in diversi luoghi vi accostaste a noi per dimandarci se avevamo genitori, ed intendendo che sì, impallidivate, esclamando: «Oh, restituiscavi presto Iddio a que' miseri vecchi!».

CAPO LVII

Arrivammo al luogo della nostra destinazione il 10 di aprile.
La città di Brünn è capitale della Moravia, ed ivi risiede il governatore delle due provincie di Moravia e Slesia. È situata in una valle ridente, ed ha un certo aspetto di ricchezza. Molte manifatture di panni prosperavano ivi allora, le quali poscia decaddero; la popolazione era di circa 30 mila anime.
Accosto alle sue mura, a ponente, s'alza un monticello, e sovr'esso siede l'infausta rocca di Spielberg, altre volte reggia de' signori di Moravia, oggi il più severo ergastolo della monarchia austriaca. Era

cittadella assai forte, ma i Francesi la bombardarono e presero a' tempi della famosa battaglia d'Austerlitz (il villaggio d'Austerlitz è a poca distanza). Non fu più ristaurata da poter servire di fortezza, ma si rifece una parte della cinta, ch'era diroccata. Circa trecento condannati, per lo più ladri ed assassini, sono ivi custoditi, quali a carcere duro, quali a durissimo.
Il carcere duro significa essere obbligati al lavoro, portare la catena ai piedi, dormire su nudi tavolacci, e mangiare il più povero cibo immaginabile. Il durissimo significa essere incatenati più orribilmente, con una cerchia di ferro intorno a' fianchi, e la catena infitta nel muro in guisa che appena si possa camminare rasente il tavolaccio che serve di letto: il cibo è lo stesso, quantunque la legge dica: pane ed acqua.
Noi, prigionieri di Stato, eravamo condannati al carcere duro.
Salendo per l'erta di quel monticello, volgevamo gli occhi indietro per dire addio al mondo, incerti se il baratro che vivi c'ingoiava si sarebbe più schiuso per noi. Io era pacato esteriormente, ma dentro di me ruggiva. Indarno volea ricorrere alla filosofia per acquetarmi; la filosofia non avea ragioni sufficienti per me.
Partito di Venezia in cattiva salute, il viaggio m'avea stancato miseramente. La testa e tutto il corpo mi dolevano: ardea dalla febbre. Il male fisico contribuiva a tenermi iracondo, e probabilmente l'ira aggravava il male fisico.
Fummo consegnati al soprintendente dello Spielberg, ed i nostri nomi vennero da questo inscritti fra i nomi de' ladroni. Il commissario imperiale ripartendo ci abbracciò, ed era intenerito;
«Raccomando a lor signori particolarmente la docilità:» diss'egli «la minima infrazione alla disciplina può venir punita dal signor soprintendente con pene severe.»
Fatta la consegna, Maroncelli ed io fummo condotti in un corridoio sotterraneo, dove ci s'apersero due tenebrose stanze non contigue. Ciascuno di noi fu chiuso nel suo covile.

CAPO LVIII

Acerbissima cosa, dopo aver già detto addio a tanti oggetti, quando non si è più che in due amici, egualmente sventurati, ah sì! acerbissima cosa il dividersi! Maroncelli nel lasciarmi vedeami infermo, e compiangeva in me un uomo ch'ei probabilmente non vedrebbe mai più: io compiangea in lui un fiore splendido di salute, rapito forse per sempre alla luce vitale del sole. E quel fiore infatti oh come appassì! Rivide un giorno la luce, ma oh in quale stato!
Allorché mi trovai solo in quell'orrido antro, e intesi serrarsi i catenacci, e distinsi, al barlume che discendeva da alto finestruolo, il nudo pancone datomi per letto, ed una enorme catena al muro, m'assisi fremente su quel letto, e, presa quella catena, ne misurai la lunghezza, pensando fosse destinata per me.
Mezz'ora dappoi, ecco stridere le chiavi; la porta s'apre: il capocarceriere mi portava una brocca d'acqua.
«Questo è per bere;» disse con voce burbera «e domattina porterò la pagnotta.»
«Grazie, buon uomo.»
«Non sono buono» riprese.
«Peggio per voi» gli dissi sdegnato. «E questa catena,» soggiunsi «è forse per me?»
«Sì, signore, se mai ella non fosse quieta, se infuriasse, se dicesse insolenze. Ma se sarà ragionevole, non le porremo altro che una catena a' piedi. Il fabbro la sta apparecchiando.»
Ei passeggiava lentamente su e giù, agitando quel villano mazzo di grosse chiavi, ed io con occhio irato mirava la sua gigantesca, magra, vecchia persona; e, ad onta de' lineamenti non volgari del suo volto, tutto in lui mi sembrava l'espressione odiosissima d'un brutale rigore!
Oh come gli uomini sono ingiusti, giudicando dall'apparenza e secondo le loro superbe prevenzioni!

Colui ch'io m'immaginava agitasse allegramente le chiavi per farmi sentire la sua trista podestà, colui ch'io riputava impudente per lunga consuetudine d'incrudelire, volgea pensieri di compassione, e certamente non parlava a quel modo, con accento burbero, se non per nascondere questo sentimento Avrebbe voluto nasconderlo, a fine di non parer debole e per timore ch'io ne fossi indegno; ma nello stesso tempo, supponendo che forse io era più infelice che iniquo, avrebbe desiderato di palesarmelo.
Noiato della sua presenza, e più della sua aria da padrone, stimai opportuno d'umiliarlo, dicendogli imperiosamente, quasi a servitore:
«Datemi da bere.»
Ei mi guardò, e parea significare: "Arrogante! qui bisogna divezzarsi dal comandare".
Ma tacque, chinò la sua lunga schiena, prese in terra la brocca, e me la porse. M'avvidi, pigliandola, ch'ei tremava, e attribuendo quel tremito alla sua vecchiezza, un misto di pietà e di reverenza temperò il mio orgoglio.
«Quanti anni avete?» gli dissi con voce amorevole.
«Settantaquattro, signore: ho già veduto molte sventure e mie ed altrui.»
Questo cenno sulle sventure sue ed altrui fu accompagnato da nuovo tremito nell'atto ch'ei ripigliava la brocca; e dubitai fosse effetto, non della sola età, ma d'un certo nobile perturbamento. Siffatto dubbio cancellò dall'anima mia l'odio che il suo primo aspetto m'aveva impresso.
«Come vi chiamate?» gli dissi.
«La fortuna, signore, si burlò di me, dandomi il nome d'un grand'uomo. Mi chiamo Schiller.»
Indi in poche parole mi narrò qual fosse il suo paese, quale l'origine, quali le guerre vedute e le ferite riportate.
Era svizzero, di famiglia contadina: avea militato contro a' Turchi sotto il general Laudon a' tempi di Maria Teresa e di Giuseppe II, indi in tutte le guerre dell'Austria contro alla Francia, sino alla caduta di Napoleone.

CAPO LIX

Quando d'un uomo che giudicammo dapprima cattivo, concepiamo migliore opinione, allora, badando al suo viso, alla sua voce, a' suoi modi, ci pare di scoprire evidenti segni d'onestà. È questa scoperta una realtà? Io la sospetto illusione. Questo stesso viso, quella stessa voce, quegli stessi modi ci pareano, poc'anzi, evidenti segni di bricconeria. S'è mutato il nostro giudizio sulle qualità morali, e tosto mutano le conclusioni della nostra scienza fisionomica. Quante facce veneriamo perché sappiamo che appartennero a valentuomini, le quali non ci sembrerebbero punto atte ad ispirare venerazione se fossero appartenute ad altri mortali! E così viceversa. Ho riso una volta d'una signora che vedendo un'immagine di Catilina, e confondendolo con Collatino, sognava di scorgervi il sublime dolore di Collatino per la morte di Lucrezia. Eppure siffatte illusioni sono comuni.
Non già che non vi sieno facce di buoni le quali portano benissimo impresso il carattere di bontà, e non vi sieno facce di ribaldi che portano benissimo impresso quello di ribalderia; ma sostengo che molte havvene di dubbia espressione.
Insomma, entratomi alquanto in grazia il vecchio Schiller, lo guardai più attentamente di prima, e non mi dispiacque più. A dir vero, nel suo favellare, in mezzo a certa rozzezza, eranvi anche tratti d'anima gentile.
«Caporale qual sono,» diceva egli «m'è toccato per luogo di riposo il tristo ufficio di carceriere: e Dio sa, se non mi costa assai più rincrescimento che il rischiare la vita in battaglia!»
Mi pentii di avergli dimandato con alterigia da bere.
«Mio caro Schiller» gli dissi, stringendogli la mano «voi lo negate indarno, io conosco che siete buono, e poiché sono caduto in quest'avversità, ringrazio il Cielo di avermi dato voi per guardiano.»

Egli ascoltò le mie parole, scosse il capo, indi rispose, fregandosi la fronte, come uomo che ha un pensiero molesto:
«Io sono cattivo, o signore; mi fecero prestare un giuramento, a cui non mancherò mai. Sono obbligato a trattare tutti i prigionieri senza riguardo alla loro condizione, senza indulgenza, senza concessione d'abusi, e tanto più i prigionieri di Stato. L'Imperatore sa quello che fa; io debbo obbedirgli.»
«Voi siete un brav'uomo, ed io rispetterò ciò che riputate debito di coscienza. Chi opera per sincera coscienza può errare, ma è puro innanzi a Dio.»
«Povero signore! abbia pazienza, e mi compatisca. Sarò ferreo ne' miei doveri, ma il cuore... il cuore è pieno di rammarico di non poter sollevare gl'infelici. Questa è la cosa ch'io volea dirle.»
Ambi eravamo commossi. Mi supplicò d'essere quieto, di non andare in furore, come fanno spesso i condannati, di non costringerlo a trattarmi duramente.
Prese poscia un accento ruvido, quasi per celarmi una parte della sua pietà, e disse:
«Or bisogna ch'io me ne vada.»
Poi tornò indietro, chiedendomi da quanto tempo io tossissi così miseramente com'io faceva, e scagliò una grossa maledizione contro il medico, perché non veniva in quella sera stessa a visitarmi.
«Ella ha una febbre da cavallo» soggiunse «io me ne intendo. Avrebbe d'uopo almeno d'un pagliericcio, ma finché il medico non l'ha ordinato, non possiamo darglielo.»
Uscì, richiuse la porta, ed io mi sdraiai sulle dure tavole, febbricitante sì, e con forte dolore di petto, ma meno fremente, meno nemico degli uomini, meno lontano da Dio.

CAPO LX

A sera venne il soprintendente, accompagnato da Schiller, da un altro caporale e da due soldati, per fare una perquisizione.
Tre perquisizioni quotidiane erano prescritte: una a mattina, una a sera, una a mezzanotte. Visitavano ogni angolo della prigione, ogni minuzia; indi gl'inferiori uscivano, ed il soprintendente (che mattina e sera non mancava mai) si fermava a conversare alquanto con me.
La prima volta che vidi quel drappello, uno strano pensiero mi venne. Ignaro ancora di quei molesti usi, e delirante dalla febbre, immaginai che mi movessero contro per trucidarmi, e afferrai la lunga catena che mi stava vicino per rompere la faccia al primo che mi s'appressasse.
«Che fa ella?» disse il soprintendente. «Non veniamo per farle alcun male. Questa è una visita di formalità a tutte le carceri, a fine di assicurarci che nulla siavi d'irregolare.»
Io esitava; ma quando vidi Schiller avanzarsi verso me e tendermi amicamente la mano, il suo aspetto paterno mi ispirò fiducia: lasciai andare la catena, e presi quella mano fra le mie.
«Oh come arde!» diss'egli al soprintendente. «Si potesse almeno dargli un pagliericcio!»
Pronunciò queste parole con espressione di sì vero, affettuoso cordoglio, che ne fui intenerito.
Il soprintendente mi tastò il polso, mi compianse: era uomo di gentili maniere, ma non osava prendersi alcun arbitrio.
«Qui tutto è rigore anche per me» diss'egli. «Se non eseguisco alla lettera ciò ch'è prescritto, rischio d'essere sbalzato dal mio impiego.»
Schiller allungava le labbra, ed avrei scommesso ch'ei pensava tra sé: "S'io fossi soprintendente non porterei la paura fino a quel grado; né il prendersi un arbitrio così giustificato dal bisogno, e così innocuo alla monarchia, potrebbe mai riputarsi gran fallo."
Quando fui solo, il mio cuore, da qualche tempo incapace di profondo sentimento religioso, s'intenerì e pregò. Era una preghiera di benedizioni sul capo di Schiller; ed io soggiungeva a Dio: "Fa ch'io discerna pure negli altri qualche dote che loro m'affezioni; io accetto tutti i tormenti del carcere, ma deh, ch'io ami! deh, liberami dal tormento d'odiare i miei simili!".

A mezzanotte udii molti passi nel corridoio. Le chiavi stridono, la porta s'apre. È il caporale con due guardie, per la visita.
«Dov'è il mio vecchio Schiller?» diss'io con desiderio.
Ei s'era fermato nel corridoio.
«Son qua, son qua» rispose.
E venuto presso al tavolaccio, tornò a tastarmi il polso, chinandosi inquieto a guardarmi, come un padre sul letto del figliuolo infermo.
«Ed or che me ne ricordo, dimani è giovedì!» borbottava egli «purtroppo giovedì!»
«E che volete dire con ciò?»
«Che il medico non suol venire se non le mattina del lunedì, del mercoledì e del venerdì, e che dimani purtroppo non verrà.»
«Non v'inquietate per ciò.»
«Ch'io non m'inquieti, ch'io non m'inquieti! In tutta la città non si parla d'altro che dell'arrivo di lor signori: il medico non può ignorarlo. Perché diavolo non ha fatto lo sforzo straordinario di venire una volta di più?»
«Chi sa che non venga dimani, sebben sia giovedì?»
Il vecchio non disse altro, Ma mi serrò la mano con forza bestiale, e quasi da storpiarmi. Benché mi facesse male, ne ebbi piacere. Simile al piacere che prova un innamorato se avviene che la sua diletta, ballando, gli pesti un piede: griderebbe quasi dal dolore, ma invece le sorride, e s'estima beato.

CAPO LXI

La mattina del giovedì, dopo una pessima notte, indebolito, rotte le ossa dalle tavole, fui preso da abbondante sudore. Venne la visita. Il soprintendente non v'era: siccome quell'ora gli era incomoda, ei veniva poi alquanto più tardi.
Dissi a Schiller: «Sentite come sono inzuppato di sudore; ma già mi si raffredda sulle carni; avrei bisogno subito di mutar camicia».
«Non si può!» gridò con voce brutale.
Ma fecemi secretamente cenno cogli occhi e colla mano. Usciti il caporale e le guardie, ei tornò a farmi un cenno nell'atto che chiudeva la porta.
Poco appresso ricomparve, portandomi una delle sue camicie, lunga due volte la mia persona.
«Per lei» diss'egli «è un po' lunga, ma or qui non ne ho altre.»
«Vi ringrazio, amico, ma siccome ho portato allo Spielberg un baule pieno di biancheria, spero che non mi si ricuserà l'uso delle mie camicie: abbiate la gentilezza d'andare dal soprintendente a chiedere una di quelle.»
«Signore, non è permesso di lasciarle nulla della sua biancheria. Ogni sabbato le si darà una camicia della casa, come agli altri condannati.»
«Onesto vecchio,» dissi «voi vedete in che stato sono; è poco verisimile ch'io esca vivo di qui: non potrò mai ricompensarvi di nulla.»
«Vergogna, signore!» sclamò «vergogna! Parlare di ricompensa a chi non può render servigi! a chi appena può imprestare furtivamente ad un infermo di che asciugarsi il corpo grondante di sudore!»
E gettatami sgarbatamente addosso la sua lunga camicia, se n'andò brontolando, e chiuse la porta con uno strepito da arrabbiato.
Circa due ore più tardi mi portò un tozzo di pan nero.
«Questa» disse «è la porzione per due giorni.»
Poi si mise a camminare fremendo.
«Che avete?» gli dissi. «Siete in collera con me? Ho pure accettata la camicia che mi favoriste.»

«Sono in collera col medico, il quale, benché oggi sia giovedì, potrebbe pur degnarsi di venire!»
«Pazienza!» dissi.
Io diceva "pazienza!", ma non trovava modo di giacer così sulle tavole, senza neppure un guanciale: tutte le mie ossa doloravano.
Alle ore undici mi fu portato il pranzo da un condannato accompagnato da Schiller. Componevano il pranzo due pentolini di ferro, l'uno contenente una pessima minestra, l'altro legumi conditi con salsa tale, che il solo odore metteva schifo.
Provai d'ingoiare qualche cucchiaio di minestra: non mi fu possibile.
Schiller mi ripeteva: «Si faccia animo; procuri d'avvezzarsi a questi cibi; altrimenti le accadrà, come è già accaduto ad altri, di non mangiucchiare se non un po' di pane, e di morir quindi di languore».
Il venerdì mattina venne finalmente il dottor Bayer. Mi trovò febbre, m'ordinò un paglericcio, ed insisté perch'io fossi tratto di quel sotterraneo e trasportato al piano superiore. Non si poteva, non v'era luogo. Ma fattone relazione al conte Mitrowsky, governatore delle due provincie, Moravia e Slesia, residente in Brünn, questi rispose che, stante la gravezza del mio male, l'intento del medico fosse eseguito.
Nella stanza che mi diedero penetrava alquanto di luce; ed arrampicandomi alle sbarre dell'angusto finestruolo io vedeva la sottoposta valle, un pezzo della città di Brünn, un sobborgo con molti orticelli, il cimitero, il laghetto della Certosa, ed i selvosi colli che ci divideano da' famosi campi d'Austerlitz. Quella vista m'incantava. Oh quanto sarei stato lieto, se avessi potuto dividerla con Maroncelli!

CAPO LXII

Ci si facevano intanto i vestiti da prigioniero. Di lì a cinque giorni, mi portarono il mio.
Consisteva in un paio di pantaloni di ruvido panno, a destra color grigio, e a sinistra color cappuccino; un giustacuore di due colori egualmente collocati, ed un giubbettino di simili due colori, ma collocati oppostamente, cioè il cappuccino a destra ed il grigio a sinistra. Le calze erano di grossa lana; la camicia di tela di stoppa piena di pungenti stecchi, - un vero cilicio: al collo una pezzuola di tela pari a quella della camicia. Gli stivaletti erano di cuoio non tinto, allacciati. Il cappello era bianco.
Compivano questa divisa i ferri a' piedi, cioè una catena da una gamba all'altra, i ceppi della quale furono fermati con chiodi che si ribadirono sopra un'incudine. Il fabbro che mi fece questa operazione disse ad una guardia, credendo che io non capissi il tedesco:
«Malato com'egli è, si poteva risparmiargli questo giuoco; non passano due mesi, che l'angelo della morte viene a liberarlo.»
«Möchte es sein! (fosse pure!)» gli diss'io, battendogli colla mano sulla spalla.
Il pover'uomo strabalzò e si confuse; poi disse:
«Spero che non sarò profeta, e desidero ch'ella sia liberata da tutt'altro angelo.»
«Piuttosto che vivere così, non vi pare» gli risposi «che sia benvenuto anche quello della morte?»
Fece cenno di sì col capo, e se n'andò compassionandomi.
Io avrei veramente volentieri cessato di vivere, ma non era tentato di suicidio. Confidava che la mia debolezza di polmoni fosse già tanto rovinosa da sbrigarmi presto. Così non piacque a Dio. La fatica del viaggio m'avea fatto assai male: il riposo mi diede qualche giovamento.
Un istante dopoché il fabbro era uscito, intesi sonare il martello sull'incudine nel sotterraneo. Schiller era ancora nella mia stanza.
«Udite que' colpi» gli dissi. «Certo, si mettono i ferri al povero Maroncelli.»
E ciò dicendo, mi si serrò talmente il cuore, che vacillai, e se il buon vecchio non m'avesse sostenuto, io cadeva. Stetti più di mezz'ora in uno stato che parea svenimento, eppur non era. Non potea parlare, i miei polsi battevano appena, un sudor freddo m'inondava da capo a piedi, e ciò non ostante intendeva

tutte le parole di Schiller, ed avea vivissima la ricordanza del passato e la cognizione del presente
Il comando del soprintendente e la vigilanza delle guardie avean tenuto fino allora tutte le vicine carceri in silenzio. Tre o quattro volte io aveva inteso intonarsi qualche cantilena italiana, ma tosto era soppressa dalle grida delle sentinelle. Ne avevamo parecchie sul terrapieno sottoposto alle nostre finestre, ed una nel medesimo nostro corridoio, la quale andava continuamente orecchiando alle porte e guardando agli sportelli per proibire i romori.
Un giorno, verso sera (ogni volta che ci penso mi si rinnovano i palpiti che allora mi si destarono), le sentinelle, per felice caso, furono meno attente, ed intesi spiegarsi e proseguirsi, con voce alquanto sommessa ma chiara, una cantilena nella prigione contigua alla mia.
Oh qual gioia, qual commozione m'invase!
M'alzai dal paglericcio, tesi l'orecchio, e quando tacque proruppi in irresistibile pianto.
«Chi sei, sventurato?» gridai «chi sei? Dimmi il tuo nome. Io sono Silvio Pellico.»
«Oh Silvio!» gridò il vicino «io non ti conosco di persona, ma t'amo da gran tempo. Accòstati alla finestra, e parliamoci a dispetto degli sgherri.»
M'aggrappai alla finestra, egli mi disse il suo nome, e scambiammo qualche parola di tenerezza.
Era il conte Antonio Oroboni, nativo di Fratta presso Rovigo, giovine di ventinove anni.
Ahi, fummo tosto interrotti da minacciose urla delle sentinelle! Quella del corridoio picchiava forte col calcio dello schioppo, ora all'uscio d'Oroboni, ora al mio. Non volevamo, non potevamo obbedire; ma pure le maledizioni di quelle guardie erano tali, che cessammo, avvertendoci di ricominciare quando le sentinelle fossero mutate.

CAPO LXIII

Speravamo - e così infatti accadde - che parlando più piano ci potremmo sentire, e che talvolta capiterebbero sentinelle pietose, le quali fingerebbero di non accorgersi del nostro cicaleccio. A forza d'esperimenti, imparammo un modo d'emettere la voce tanto dimesso, che bastava alle nostre orecchie, ed o sfuggiva alle altrui, o si prestava ad essere dissimulato. Bensì avveniva a quando a quando che avessimo ascoltatori d'udito più fino, o che ci dimenticassimo d'essere discreti nella voce. Allora tornavano a toccarci urla, e picchiamenti agli usci, e, ciò ch'era peggio, la collera del povero Schiller e del soprintendente.
A poco a poco perfezionammo tutte le cautele, cioè di parlare piuttosto in certi quarti d'ora che in altri, piuttosto quando v'erano le tali guardie che quando v'erano le tali altre, e sempre con voce moderatissima. Sia eccellenza della nostr'arte, sia in altrui un'abitudine di condiscendenza che s'andava formando, finimmo per potere ogni giorno conversare assai, senza che alcun superiore più avesse quasi mai a garrirci.
Ci legammo di tenera amicizia. Mi narrò la sua vita, gli narrai la mia; le angosce e consolazioni dell'uno divenivano angosce e consolazioni dell'altro. Oh di quanto conforto ci eravamo a vicenda! Quante volte, dopo una notte insonne, ciascuno di noi andando il mattino alla finestra, e salutando l'amico, ed udendone le care parole, sentiva in core addolcirsi la mestizia e raddoppiarsi il coraggio! Uno era persuaso d'essere utile all'altro, e questa certezza destava una dolce gara d'amabilità ne' pensieri, e quel contento che ha l'uomo, anche nella miseria, quando può giovare al suo simile.
Ogni colloquio lasciava il bisogno di continuazione, di schiarimenti; era uno stimolo vitale, perenne, all'intelligenza, alla memoria, alla fantasia, al cuore.
A principio, ricordandomi di Giuliano, io diffidava della costanza di questo nuovo amico. Io pensava: "Finora non ci è accaduto di trovarci discordi; da un giorno all'altro posso dispiacergli in alcuna cosa, ed ecco che mi manderà alla malora".
Questo sospetto ben presto cessò. Le nostre opinioni concordavano su tutti i punti essenziali. Se non che ad un'anima nobile, ardente di generosi sensi, indomita dalla sventura, egli univa la più candida e

piena fede nel Cristianesimo, mentre questa in me da qualche tempo vacillava, e talora pareami affatto estinta.
Ei combatteva i miei dubbi con giustissime riflessioni e con molto amore: io sentiva ch'egli avea ragione e gliela dava, ma i dubbi tornavano. Ciò avviene a tutti quelli che non hanno il Vangelo nel cuore, a tutti quelli che odiano altrui ed insuperbiscono di sé. La mente vede un istante il vero, ma siccome questo non le piace, lo discrede l'istante appresso, sforzandosi di guardare altrove.
Oroboni era valentissimo a volgere la mia attenzione sui motivi che l'uomo ha, d'essere indulgente verso i nemici. Io non gli parlava di persona abborrita, ch'ei non prendesse destramente a difenderla, e non già solo colle parole, ma anche coll'esempio. Parecchi gli avean nociuto. Ei ne gemeva, ma perdonava a tutti, e se poteva narrarmi qualche lodevole tratto d'alcuno di loro, lo faceva volentieri.
L'irritazione che mi dominava e mi rendea irreligioso dalla mia condanna in poi, durò ancora alcune settimane; indi cessò affatto. La virtù d'Oroboni m'aveva invaghito. Industriandomi di raggiungerla, mi misi almeno sulle sue tracce. Allorché potei di nuovo pregare sinceramente per tutti e non più odiare nessuno, i dubbi sulla fede sgombrarono: Ubi charitas et amor, Deus ibi est.

CAPO LXIV

Per dir vero, se la pena era severissima ed atta ad irritare, avevamo nello stesso tempo la rara sorte che buoni fossero tutti coloro che vedevamo. Essi non potevano alleggerire la nostra condizione se non con benevole e rispettose maniere; ma queste erano usate da tutti. Se v'era qualche ruvidezza nel vecchio Schiller, quanto non era compensata dalla nobiltà del suo cuore! Persino il miserabile Kunda (quel condannato che ci portava il pranzo, e tre volte al giorno l'acqua) voleva che ci accorgessimo che ci compativa. Ei ci spazzava la stanza due volte la settimana. Una mattina, spazzando, colse il momento che Schiller s'era allontanato due passi dalla porta, e m'offerse un pezzo di pan bianco. Non l'accettai, ma gli strinsi cordialmente la mano. Quella stretta di mano lo commosse. Ei mi disse in cattivo tedesco (era polacco): «Signore, le si dà ora così poco da mangiare, che ella sicuramente patisce la fame». Assicurai di no, ma io assicurava l'incredibile.
Il medico, vedendo che nessuno di noi potea mangiare quella qualità di cibi che ci aveano dato ne' primi giorni, ci mise tutti a quello che chiamano quarto di porzione, cioè al vitto dell'ospedale. Erano tre minestrine leggerissime al giorno, un pezzettino d'arrosto d'agnello da ingoiarsi in un boccone, e forse tre once di pan bianco. Siccome la mia salute s'andava facendo migliore, l'appetito cresceva, e quel quarto era veramente troppo poco. Provai di tornare al cibo dei sani, ma non v'era guadagno a fare, giacché disgustava tanto ch'io non poteva mangiarlo. Convenne assolutamente ch'io m'attenessi al quarto. Per più d'un anno conobbi quanto sia il tormento della fame. E questo tormento lo patirono con veemenza anche maggiore alcuni de' miei compagni, che essendo più robusti di me erano avvezzi a nutrirsi più abbondantemente. So d'alcuni di loro che accettarono pane e da Schiller e da altre due guardie addette al nostro servizio, e perfino da quel buon uomo di Kunda.
«Per la città si dice che a lor signori si dà poco da mangiare» mi disse una volta il barbiere, un giovinotto praticante del nostro chirurgo.
«È verissimo» risposi schiettamente.
Il seguente sabato (ei veniva ogni sabato) volle darmi di soppiatto una grossa pagnotta bianca. Schiller finse di non veder l'offerta. Io, se avessi ascoltato lo stomaco, l'avrei accettata, ma stetti saldo a rifiutare, affinché quel povero giovine non fosse tentato di ripetere il dono; il che alla lunga gli sarebbe stato gravoso.
Per la stessa ragione, io ricusava le offerte di Schiller. Più volte mi portò un pezzo di carne lessa, pregandomi che la mangiassi, e protestando che non gli costava niente, che gli era avanzata, che non sapea che farne, che l'avrebbe davvero data ad altri s'io non la prendeva. Mi sarei gettato a divorarla,

ma s'io la prendeva, non avrebb'egli avuto tutti i giorni il desiderio di darmi qualche cosa?
Solo due volte, ch'ei mi recò un piatto di ciriege, e una volta alcune pere, la vista di quella frutta mi affascinò irresistibilmente. Fui pentito d'averla presa, appunto perché d'allora in poi non cessava più d'offrirmene.

CAPO LXV

Ne' primi giorni fu stabilito che ciascuno di noi avesse, due volte la settimana, un'ora di passeggio. In seguito questo sollievo fu dato un giorno sì, un giorno no; e più tardi ogni giorno, tranne le feste. Ciascuno era condotto a passeggio separatamente, fra due guardie aventi schioppo in ispalla. Io, che mi trovava alloggiato in capo del corridoio, passava, quando usciva, innanzi alle carceri di tutti i condannati di Stato italiani, eccetto Maroncelli, il quale unico languiva dabbasso.
«Buon passeggio!» mi susurravano tutti dallo sportello dei loro usci; ma non mi era permesso di fermarmi a salutare nessuno.
Si discendeva una scala, si traversava un ampio cortile, e s'andava sovra un terrapieno situato a mezzodì, donde vedeasi la città di Brünn e molto tratto di circostante paese.
Nel cortile suddetto erano sempre molti dei condannati comuni, che andavano o venivano dai lavori, o passeggiavano in frotta conversando. Fra essi erano parecchi ladri italiani, che mi salutavano con gran rispetto e diceano tra loro: «Non è un birbone come noi, eppure la sua prigionia è più dura della nostra».
Infatti essi aveano molta più libertà di me.
Io udiva queste ed altre espressioni, e li risalutava con cordialità. Uno di loro mi disse una volta: «Il suo saluto, signore, mi fa bene. Ella forse vede sulla mia fisionomia qualche cosa che non è scelleratezza. Una passione infelice mi trasse a commettere un delitto; ma, o signore, no, non sono scellerato!».
E proruppe in lagrime. Gli porsi la mano, ma egli non me la poté stringere. Le mie guardie, non per malignità, ma per le istruzioni che aveano, lo respinsero. Non doveano lasciarmi avvicinare da chicchesifosse. Le parole che quei condannati mi dirigevano, fingeano per lo più di dirsele tra loro, e se i miei due soldati s'accorgeano che fossero a me rivolte, intimavano silenzio.
Passavano anche per quel cortile uomini di varie condizioni estranei al castello, i quali venivano a visitare il soprintendente, o il cappellano, o il sergente, o alcuno de' caporali. «Ecco uno deg'Italiani, ecco uno degl'Italiani!» diceano sottovoce. E si fermavano a guardarmi; e più volte li intesi dire in tedesco, credendo ch'io non li capissi: «Quel povero signore non invecchierà; ha la morte sul volto».
Io infatti, dopo essere dapprima migliorato di salute, languiva per la scarsezza del nutrimento, e nuove febbri sovente m'assalivano. Stentava a strascinare la mia catena fino al luogo del passeggio, e là mi gettava sull'erba, e vi stava ordinariamente finché fosse finita la mia ora.
Stavano in piedi o sedeano vicino a me le guardie, e ciarlavamo. Una d'esse, per nome Kral, era un boemo, che, sebbene di famiglia contadina e povera, avea ricevuto una certa educazione, e se l'era perfezionata quanto più avea potuto, riflettendo con forte discernimento su le cose del mondo e leggendo tutti i libri che gli capitavano alle mani. Avea cognizione di Klopstock, di Wieland, di Goethe, di Schiller e di molti altri buoni scrittori tedeschi. Ne sapea un'infinità di brani a memoria, e li dicea con intelligenza e con sentimento. L'altra guardia era un polacco, per nome Kubitzky, ignorante, ma rispettoso e cordiale. La loro compagnia mi era assai cara.

CAPO LXVI

Ad un'estremità di quel terrapieno, erano le stanze del soprintendente; all'altra estremità alloggiava un caporale con moglie ed un figliuolino. Quand'io vedeva alcuno uscire di quelle abitazioni, io m'alzava e m'avvicinava alla persona, o alle persone, che ivi comparivano, ed era colmato di dimostrazioni di cortesia e di pietà.
La moglie del soprintendente era ammalata da lungo tempo, e deperiva lentamente. Si facea talvolta portare sopra un canapé all'aria aperta. È indicibile quanto si commovesse esprimendomi la compassione che provava per tutti noi. Il suo sguardo era dolcissimo e timido, e quantunque timido, s'attaccava di quando in quando con intensa interrogante fiducia allo sguardo di chi le parlava.
Io le dissi una volta, ridendo: «Sapete, signora, che somigliate alquanto a persona che mi fu cara?».
Arrossì, e rispose con seria ed amabile semplicità: «Non vi dimenticate dunque di me, quando sarò morta; pregate per la povera anima mia, e pei figliuolini che lascio sulla terra».
Da quel giorno in poi, non poté più uscire dal letto; non la vidi più. Languì ancora alcuni mesi, poi morì.
Ella avea tre figli, belli come amorini, ed uno ancor lattante. La sventurata abbracciavali spesso in mia presenza, e diceva: «Chi sa qual donna diventerà lor madre dopo di me! Chiunque sia dessa, il Signore le dia viscere di madre, anche pe' figli non nati da lei!». E piangeva.
Mille volte mi son ricordato di quel suo prego e di quelle lagrime.
Quand'ella non era più, io abbracciava talvolta que' fanciulli, e m'inteneriva, e ripeteva quel prego materno. E pensava alla madre mia, ed agli ardenti voti che il suo amantissimo cuore alzava senza dubbio per me, e con singhiozzi io sclamava: «Oh più felice quella madre che, morendo, abbandona figliuoli inadulti, di quella che dopo averli allevati con infinite cure se li vede rapire!».
Due buone vecchie solevano essere con quei fanciulli: una era la madre del soprintendente, l'altra la zia. Vollero sapere tutta la mia storia, ed io loro la raccontai in compendio.
«Quanto siamo infelici» diceano coll'espressione del più vero dolore «di non potervi giovare in nulla! Ma siate certo che pregheremo per voi, e che se un giorno viene la vostra grazia, sarà una festa per tutta la nostra famiglia.»
La prima di esse, ch'era quella ch'io vedea più sovente, possedeva una dolce, straordinaria eloquenza nel dar consolazioni. Io le ascoltava con filiale gratitudine, e mi si fermavano nel cuore.
Dicea cose ch'io sapea già, e mi colpivano come cose nuove: - che la sventura non degrada l'uomo, s'ei non è dappoco, ma anzi lo sublima; - che, se potessimo entrare ne' giudizi di Dio, vedremmo essere, molte volte, più da compiangersi i vincitori che i vinti, gli esultanti che i mesti, i doviziosi che gli spogliati di tutto; - che l'amicizia particolare mostrata dall'uomo-Dio per gli sventurati è un gran fatto; - che dobbiamo gloriarci della croce, dopo che fu portata da òmeri divini.
Ebbene, quelle due buone vecchie, ch'io vedea tanto volentieri, dovettero in breve, per ragioni di famiglia, partire dallo Spielberg; i figliuolini cessarono anche di venire sul terrapieno Quanto queste perdite m'afflissero!

CAPO LXVII

L'incomodo della catena a' piedi, togliendomi di dormire, contribuiva a rovinarmi la salute. Schiller voleva ch'io reclamassi, e pretendeva che il medico fosse in dovere di farmela levare.
Per un poco non l'ascoltai, poi cedetti al consiglio, e dissi al medico che per riacquistare il beneficio del sonno io lo pregava di farmi scatenare, almeno per alcuni giorni.
Il medico disse non giungere ancora a tal grado le mie febbri, ch'ei potesse appagarmi; ed essere necessario ch'io m'avvezzassi ai ferri.
La risposta mi sdegnò, ed ebbi rabbia d'aver fatto quell'inutile dimanda.
«Ecco ciò che guadagnai a seguire il vostro insistente consiglio» dissi a Schiller.

Conviene che gli dicessi queste parole assai sgarbatamente: quel ruvido buon uomo se ne offese.
«A lei spiace» gridò «d'essersi esposta ad un rifiuto, e a me spiace ch'ella sia meco superba!»
Poi continuò una lunga predica: «I superbi fanno consistere la loro grandezza in non esporsi a rifiuti, in non accettare offerte, in vergognarci di mille inezie. Alle Eseleien! tutte asinate! vana grandezza! ignoranza della vera dignità! E la vera dignità sta, in gran parte, in vergognare soltanto delle male azioni!».
Disse, uscì, e fece un fracasso infernale colle chiavi.
Rimasi sbalordito. "Eppure quella rozza schiettezza" dissi "mi piace. Sgorga dal cuore come le sue offerte, come i suoi consigli, come il suo compianto. E non mi predicò egli il vero? A quante debolezze non do io il nome di dignità, mentre non sono altro che superbia?"
All'ora di pranzo, Schiller lasciò che il condannato Kunda portasse dentro i pentolini e l'acqua, e si fermò sulla porta. Lo chiamai.
«Non ho tempo» rispose asciutto asciutto.
Discesi dal tavolaccio, venni a lui e gli dissi: «Se volete che il mangiare mi faccia buon pro, non mi fate quel brutto ceffo».
«E qual ceffo ho da fare?» dimandò rasserenandosi.
«D'uomo allegro, d'amico» risposi.
«Viva l'allegria!» sclamò. «E se, perché il mangiare le faccia buon pro, vuole anche vedermi ballare, eccola servita.»
E misesi a sgambettare colle sue magre e lunghe pertiche sì piacevolmente che scoppiai dalle risa. Io ridea, ed avea il cuore commosso.

CAPO LXVIII

Una sera, Oroboni ed io stavamo alla finestra, e ci dolevamo a vicenda d'essere affamati. Alzammo alquanto la voce, e le sentinelle gridarono. Il soprintendente, che per mala ventura passava da quella parte, si credette in dovere di far chiamare Schiller e di rampognarlo fieramente, che non vigilasse meglio a tenerci in silenzio.
Schiller venne con grand'ira a lagnarsene da me, e m'intimò di non parlar più mai dalla finestra. Voleva ch'io glielo promettessi.
«No», risposi «non ve lo voglio promettere.»
«Oh der Teufel! der Teufel!» gridò «a me s'ha a dire: non voglio! a me che ricevo una maledetta strapazzata per causa di lei!»
«M'incresce, caro Schiller, della strapazzata che avete ricevuta, me n'incresce davvero; ma non voglio promettere ciò che sento che non manterrei.»
«E perché non lo manterrebbe?»
«Perché non potrei; perché la solitudine continua è tormento sì crudele per me, che non resisterò mai al bisogno di mettere qualche voce da' polmoni, d'invitare il mio vicino a rispondermi. E se il vicino tacesse, volgerei la parola alle sbarre della mia finestra, alle colline che mi stanno in faccia, agli uccelli che volano.»
«Der Teufel! e non mi vuol promettere?»
«No, no, no!» sclamai.
Gettò a terra il romoroso mazzo delle chiavi, e ripeté: «Der Teufel! der Teufel!». Indi proruppe abbracciandomi:
«Ebbene, ho io a cessare d'essere uomo per quella canaglia di chiavi? Ella è un signore come va, ed ho gusto che non mi voglia promettere ciò che non manterrebbe. Farei lo stesso anch'io.» Raccolsi le chiavi e gliele diedi.

«Queste chiavi» gli dissi «non sono poi tanto canaglia, poiché non possono, d'un onesto caporale qual siete, fare un malvagio sgherro.»
«E se credessi che potessero far tanto» rispose «le porterei a' miei superiori, e direi: se non mi vogliono dare altro pane che quello del carnefice, andrò a dimandare l'elemosina.»
Trasse di tasca il fazzoletto, s'asciugò gli occhi, poi li tenne alzati, giungendo le mani in atto di preghiera. Io giunsi le mie, e pregai al pari di lui in silenzio. Ei capiva ch'io faceva voti per esso, com'io capiva ch'ei ne faceva per me.
Andando via, mi disse sotto voce: «Quando ella conversa col conte Oroboni, parli sommesso più che può. Farà così due beni: uno di risparmiarmi le grida del signor soprintendente, l'altro di non far forse capire qualche discorso... debbo dirlo?... qualche discorso che, riferito, irritasse sempre più chi può punire».
L'assicurai che dalle nostre labbra non usciva mai parola che, riferita a chicchessia, potesse offendere. Non avevamo infatti d'uopo d'avvertimenti, per esser cauti. Due prigionieri che vengono a comunicazione tra loro sanno benissimo crearsi un gergo, col quale dir tutto senza esser capiti da qualsiasi ascoltatore.

CAPO LXIX

Io tornava un mattino dal passeggio: era il 7 d'agosto. La porta del carcere d'Oroboni stava aperta, e dentro eravi Schiller, il quale non mi aveva inteso venire. Le mie guardie vogliono avanzare il passo per chiudere quella porta. Io le prevengo, mi vi slancio, ed eccomi nelle braccia d'Oroboni.
Schiller fu sbalordito; disse: «Der Teufel! der Teufel!» e alzò il dito per minacciarmi. Ma gli occhi gli s'empirono di lagrime, e gridò singhiozzando: «O mio Dio, fate misericordia a questi poveri giovani ed a me, ed a tutti gl'infelici, voi che foste tanto infelice sulla terra!».
Le due guardie piangevano pure. La sentinella del corridoio, ivi accorsa, piangeva anch'essa. Oroboni mi diceva: «Silvio, Silvio, quest'è uno dei più cari giorni della mia vita!». Io non so che gli dicessi: era fuori di me dalla gioia e dalla tenerezza.
Quando Schiller ci scongiurò di separarci, e fu forza obbedirgli, Oroboni proruppe in pianto dirottissimo, e disse:
«Ci rivedremo noi mai più sulla terra?»
E non lo rividi mai più! Alcuni mesi dopo, la sua stanza era vota, ed Oroboni giaceva in quel cimitero ch'io aveva dinanzi alla mia finestra!
Dacché ci eravamo veduti quell'istante, pareva che ci amassimo anche più dolcemente, più fortemente di prima; pareva che ci fossimo a vicenda più necessarii.
Egli era un bel giovane, di nobile aspetto, ma pallido e di misera salute. I soli occhi erano pieni di vita. Il mio affetto per lui veniva aumentato dalla pietà che la sua magrezza ed il suo pallore m'ispiravano. La stessa cosa provava egli per me. Ambi sentivamo quanto fosse verisimile che ad uno di noi toccasse di essere presto superstite all'altro.
Fra pochi giorni egli ammalò. Io non faceva altro che gemere e pregare per lui. Dopo alcune febbri racquistò un poco di forza, e poté tornare ai colloqui amicali. Oh come l'udire di nuovo il suono della sua voce mi consolava!
«Non ingannarti,» diceami egli «sarà per poco tempo. Abbi la virtù d'apparecchiarti alla mia perdita; ispirami coraggio col tuo coraggio.»
In que' giorni si volle dare il bianco alle pareti delle nostre carceri, e ci trasportarono frattanto ne' sotterranei. Disgraziatamente in quell'intervallo non fummo posti in luoghi vicini. Schiller mi diceva che Oroboni stava bene ma io dubitava che non volesse dirmi il vero, e temeva che la salute già sì debole di questo deteriorasse in que' sotterranei.

Avessi almeno avuto la fortuna d'esser vicino in quell'occasione al mio caro Maroncelli! Udii per altro la voce di questo. Cantando ci salutammo, a dispetto dei garriti delle guardie.
Venne in quel tempo a vederci il protomedico di Brünn, mandato forse in conseguenza delle relazioni che il soprintendente faceva a Vienna sull'estrema debolezza a cui tanta scarsità di cibo ci aveva tutti ridotti, ovvero perché allora regnava nelle carceri uno scorbuto molto epidemico.
Non sapendo io il perché di questa visita, m'immaginai che fosse per nuova malattia d'Oroboni. Il timore di perderlo mi dava un'inquietudine indicibile. Fui allora preso da forte melanconia e da desiderio di morire. Il pensiero del suicidio tornava a presentarmisi. Io lo combatteva; ma era come un viaggiatore spossato, che mentre dice a se stesso: "È mio dovere d'andar sino alla meta" si sente un bisogno prepotente di gettarsi a terra e riposare.
M'era stato detto che, non avea guari, in uno di quei tenebrosi covili un vecchio boemo s'era ucciso spaccandosi la testa alle pareti. Io non potea cacciare dalla fantasia la tentazione d'imitarlo. Non so se il mio delirio non sarebbe giunto a quel segno, ove uno sbocco di sangue dal petto non m'avesse fatto credere vicina la mia morte. Ringraziai Dio di volermi esso uccidere in questo modo, risparmiandomi un atto di disperazione che il mio intelletto condannava.
Ma Dio invece volle conservarmi. Quello sbocco di sangue alleggerì i miei mali. Intanto fui riportato nel carcere superiore, e quella maggior luce e la racquistata vicinanza d'Oroboni mi riaffezionarono alla vita.

CAPO LXX

Gli confidai la tremenda melanconia ch'io avea provato, diviso da lui; ed egli mi disse aver dovuto egualmente combattere il pensiero del suicidio.
«Profittiamo» diceva egli «del poco tempo che di nuovo c'è dato, per confortarci a vicenda colla religione. Parliamo di Dio; eccitiamoci ad amarlo; ci sovvenga ch'egli è la giustizia, la sapienza, la bontà, la bellezza, ch'egli è tutto ciò che d'ottimo vagheggiamo sempre. Io ti dico davvero che la morte non è lontana da me. Ti sarò grato eternamente, se contribuirai a rendermi in questi ultimi giorni tanto religioso quanto avrei dovuto essere tutta la vita.»
Ed i nostri discorsi non volgeano più sovr'altro che sulla filosofia cristiana, e su paragoni di questa colle meschinità della sensualistica. Ambi esultavamo di scorgere tanta consonanza tra il Cristianesimo e la ragione; ambi, nel confronto delle diverse comunioni evangeliche, vedevamo essere la sola cattolica quella che può veramente resistere alla critica, e la dottrina della comunione cattolica consistere in dogmi purissimi ed in purissima morale, e non in miseri sovrappiù prodotti dall'umana ignoranza.
«E se, per accidente poco sperabile, ritornassimo nella società» diceva Oroboni «saremmo noi così pusillanimi da non confessare il Vangelo? da prenderci soggezione, se alcuno immaginerà che la prigione abbia indebolito i nostri animi, e che per imbecillità siamo divenuti più fermi nella credenza?»
«Oroboni mio» gli dissi «la tua dimanda mi svela la tua risposta, e questa è anche la mia. La somma delle viltà è d'esser schiavo de' giudizi altrui, quando hassi la persuasione che sono falsi. Non credo che tal viltà né tu né io l'avremmo mai.»
In quelle effusioni di cuore commisi una colpa. Io aveva giurato a Giuliano di non confidar mai ad alcuno, palesando il suo vero nome, le relazioni ch'erano state fra noi. Le narrai ad Oroboni, dicendogli: «Nel mondo non mi sfuggirebbe mai dal labbro cosa simile, ma qui siamo nel sepolcro, e se anche tu ne uscissi, so che posso fidarmi di te».
Quell'onestissim'anima taceva.
«Perché non mi rispondi?» gli dissi.
Alfine prese a biasimarmi seriamente della violazione del secreto. Il suo rimprovero era giusto. Niuna

amicizia, per quanto intima ella sia, per quanto fortificata da virtù, non può autorizzare a tal violazione. Ma poiché questa mia colpa era avvenuta, Oroboni me ne derivò un bene. Egli avea conosciuto Giuliano, e sapea parecchi tratti onorevoli della sua vita. Me li raccontò, e dicea: «Quell'uomo ha operato sì spesso da cristiano, che non può portare il suo furore anti-religioso fino alla tomba. Speriamo, speriamo così! E tu bada, Silvio, a perdonargli di cuore i suoi mali umori, e prega per lui!». Le sue parole m'erano sacre.

CAPO LXXI

Le conversazioni di cui parlo, quali con Oroboni, quali con Schiller o altri, occupavano tuttavia poca parte delle mie lunghe ventiquattr'ore della giornata, e non rade erano le volte che niuna conversazione riusciva possibile col primo.

Che faceva io in tanta solitudine?

Ecco tutta quanta la mia vita in que' giorni. Io m'alzava sempre all'alba, e, salito in capo del tavolaccio, m'aggrappava alle sbarre della finestra, e diceva le orazioni. Oroboni già era alla sua finestra o non tardava di venirvi. Ci salutavamo; e l'uno e l'altro continuava tacitamente i suoi pensieri a Dio. Quanto erano orribili i nostri covili, altrettanto era bello lo spettacolo esterno per noi. Quel cielo, quella campagna, quel lontano muoversi di creature nella valle, quelle voci delle villanelle, quelle risa, que' canti ci esilaravano, ci facevano più caramente sentire la presenza di Colui ch'è sì magnifico nella sua bontà, e del quale avevamo tanto di bisogno.

Veniva la visita mattutina delle guardie. Queste davano un'occhiata alla stanza per vedere se tutto era in ordine, ed osservavano la mia catena, anello per anello, a fine d'assicurarsi che qualche accidente o qualche malizia non l'avesse spezzata o piuttosto (dacché spezzar la catena era impossibile) faceasi questa ispezione per obbedire fedelmente alle prescrizioni di disciplina. S'era giorno che venisse il medico, Schiller dimandava se si voleva parlargli, e prendea nota.

Finito il giro delle nostre carceri, tornava Schiller ed accompagnava Kunda, il quale aveva l'ufficio di pulire ciascuna stanza.

Un breve intervallo, e ci portavano la colezione. Questa era un mezzo pentolino di broda rossiccia, con tre sottilissime fettine di pane; io mangiava quel pane e non beveva la broda.

Dopo ciò mi poneva a studiare. Maroncelli avea portato d'Italia molti libri, e tutti i nostri compagni ne aveano pure portati, chi più chi meno. Tutto insieme formava una buona bibliotechina. Speravamo inoltre di poterla aumentare coll'uso de' nostri denari. Non era ancor venuta alcuna risposta dall'Imperatore sul permesso che dimandavamo di leggere i nostri libri ed acquistarne altri; ma intanto il governatore di Brünn ci concedeva provvisoriamente di tener ciascun di noi due libri presso di sé, da cangiarsi ogni volta che volessimo. Verso le nove veniva il soprintendente, e se il medico era stato chiesto ei l'accompagnava.

Un altro tratto di tempo restavami quindi per lo studio, fino alle undici, ch'era l'ora del pranzo.

Fino al tramonto non avea più visite, e tornava a studiare. Allora Schiller e Kunda venivano per mutarmi l'acqua, ed un istante appresso veniva il soprintendente con alcune guardie per l'ispezione vespertina a tutta la stanza ed ai miei ferri.

In una delle ore della giornata, or avanti or dopo il pranzo, a beneplacito delle guardie, eravi il passeggio.

Terminata la suddetta visita vespertina, Oroboni ed io ci mettevamo a conversare, e quelli solevano essere i colloquii più lunghi. Gli straordinari avvenivano la mattina, od appena pranzato, ma per lo più brevissimi.

Qualche volta le sentinelle erano così pietose che ci diceano:

«Un po' più piano, signori, altrimenti il castigo cadrà su noi»

Altre volte fingeano di non accorgersi che parlassimo, poi, vedendo spuntare il sergente, ci pregavano di tacere finché questi fosse partito; ed appena partito esso, diceano: «Signori patroni, adesso potere, ma piano più che star possibile».
Talora alcuni di que' soldati si fecero arditi sino a dialogare con noi, soddisfare alle nostre dimande, e darci qualche notizia d'Italia.
A certi discorsi non rispondevamo se non pregandoli di tacere. Era naturale che dubitassimo se fossero tutte espansioni di cuori schietti, ovvero artifizii a fine di scrutare i nostri animi. Nondimeno inclino molto più a credere che quella gente parlasse con sincerità.

CAPO LXXII

Una sera avevamo sentinelle benignissime, e quindi Oroboni ed io non ci davamo la pena di comprimere la voce. Maroncelli nel suo sotterraneo, arrampicatosi alla finestra, ci udì e distinse la voce mia. Non poté frenarsi; mi salutò cantando. Mi chiedea com'io stava, e m'esprimea colle più tenere parole il suo rincrescimento di non avere ancora ottenuto che fossimo messi insieme. Questa grazia l'aveva io pure dimandata, ma né il soprintendente di Spielberg, né il governatore di Brünn, non avevano l'arbitrio di concederla. La nostra vicendevole brama era stata significata all'Imperatore, e niuna risposta erane fin'allora venuta.
Oltre quella volta che ci salutammo cantando ne' sotterranei, io aveva inteso parecchie volte dal piano superiore le sue cantilene, ma senza capire le parole, ed appena pochi istanti, perché nol lasciavano proseguire.
Ora alzò molto più la voce, non fu così presto interrotto, e capii tutto. Non v'ha termini per dire l'emozione che provai.
Gli risposi, e continuammo il dialogo circa un quarto d'ora. Finalmente si mutarono le sentinelle sul terrapieno, e quelle che vennero non furono compiacenti. Ben ci disponevamo a ripigliare il canto, ma furiose grida s'alzarono a maledirci, e convenne rispettarle.
Io mi rappresentava Maroncelli giacente da sì lungo tempo in quel carcere tanto peggiore del mio; m'immaginava la tristezza che ivi dovea sovente opprimerlo ed il danno che la sua salute ne patirebbe, e profonda angoscia m'opprimeva.
Potei alfine piangere, ma il pianto non mi sollevò. Mi prese un grave dolore di capo con febbre violenta. Non mi reggeva in piedi, mi buttai sul paglericcio. La convulsione crebbe; il petto doleami con orribile spasimo. Credetti quella notte morire.
Il dì seguente la febbre era cessata, e del petto stava meglio, ma pareami d'aver fuoco nel cervello, e appena potea muovere il capo senza che vi si destassero atroci dolori.
Dissi ad Oroboni il mio stato. Egli pure si sentiva più male del solito.
«Amico» diss'egli «non è lontano il giorno che uno di noi due non potrà più venire alla finestra. Ogni volta che ci salutiamo può essere l'ultima. Teniamoci dunque pronti l'uno e l'altro sì a morire, sì a sopravvivere all'amico.»
La sua voce era intenerita; io non potea rispondergli. Stemmo un istante in silenzio, indi ei riprese:
«Te beato, che sai il tedesco! Potrai almeno confessarti! lo ho domandato un prete che sappia l'italiano: mi dissero, che non v'è. Ma Dio vede il mio desiderio, e dacché mi sono confessato a Venezia, in verità mi pare di non aver più nulla che m'aggravi la coscienza.»
«Io invece, a Venezia, mi confessai» gli dissi «con animo pieno di rancore, e feci peggio che se avessi ricusato i sacramenti. Ma se ora mi si concede un prete, t'assicuro che mi confesserò di cuore e perdonando a tutti.»
«Il cielo ti benedica!» sclamò «tu mi dài una grande consolazione. Facciamo, si, facciamo il possibile entrambi per essere eternamente uniti nella felicità, come lo fummo in questi giorni di sventura!»

Il giorno appresso l'aspettai alla finestra e non venne. Seppi da Schiller ch'egli era ammalato gravemente.
Otto o dieci giorni dopo, egli stava meglio, e tornò a salutarmi. Io dolorava, ma mi sostenea. Parecchi mesi passarono, sì per lui che per me, in queste alternative di meglio e di peggio.

CAPO LXXIII

Potei reggere sino al giorno 11 di gennaio 1823. La mattina m'alzai con mal di capo non forte, ma con disposizione al deliquio. Mi tremavano le gambe, e stentava a trarre il fiato.
Anche Oroboni, da due o tre giorni, stava male, e non s'alzava.
Mi portano la minestra, ne gusto appena un cucchiaio, poi cado privo di sensi. Qualche tempo dopo, la sentinella del corridoio guardò per accidente dallo sportello, e vedendomi giacente a terra, col pentolino rovesciato accanto a me, mi credette morto, e chiamò Schiller.
Venne anche il soprintendente, fu chiamato subito il medico, mi misero a letto. Rinvenni a stento.
Il medico disse ch'io era in pericolo, e mi fece levare i ferri. Mi ordinò non so qual cordiale, ma lo stomaco non poteva ritener nulla. Il dolor di capo cresceva terribilmente.
Fu fatta immediata relazione al governatore, il quale spedì un corriere a Vienna, per sapere come io dovessi essere trattato. Si rispose che non mi ponessero nell'infermeria, ma che mi servissero nel carcere colla stessa diligenza che se fossi nell'infermeria. Di più autorizzavasi il soprintendente a fornirmi brodi e minestre della sua cucina, finché durava la gravezza del male.
Quest'ultimo provvedimento mi fu a principio inutile: niun cibo, niuna bevanda mi passava. Peggiorai per tutta una settimana, e delirava giorno e notte.
Kral e Kubitzky mi furono dati per infermieri; ambi mi servivano con amore.
Ogni volta ch'io era alquanto in senno, Kral mi ripeteva:
«Abbia fiducia in Dio; Dio solo è buono.»
«Pregate per me» dicevagli io «non che mi risani, ma che accetti le mie sventure e la mia morte in espiazione de' miei peccati.»
Mi suggerì di chiedere i sacramenti.
«Se non li chiesi» risposi «attributelo alla debolezza della mia testa; ma sarà per me un gran conforto il riceverli.»
Kral riferì le mie parole al soprintendente, e fu fatto venire il cappellano delle carceri.
Mi confessai, comunicai, e presi l'olio santo. Fui contento di quel sacerdote. Si chiamava Sturm. Le riflessioni che mi fece sulla giustizia di Dio, sull'ingiustizia degli uomini, sul dovere del perdono, sulla vanità di tutte le cose del mondo, non erano trivialità: aveano l'impronta d'un intelletto elevato e cólto, e d'un sentimento caldo di vero amore di Dio e del prossimo.

CAPO LXXIV

Lo sforzo d'attenzione che feci per ricevere i sacramenti sembrò esaurire la mia vitalità, ma invece giovommi, gettandomi in un letargo di parecchie ore che mi riposò.
Mi destai alquanto sollevato, e vedendo Schiller e Kral vicini a me, presi le lor mani e li ringraziai delle loro cure.
Schiller mi disse: «L'occhio mio è esercitato a veder malati: scommetterei ch'ella non muore».
«Non parvi di farmi un cattivo pronostico?» diss'io.
«No,» rispose «le miserie della vita sono grandi, è vero; ma chi le sopporta con nobiltà d'animo e con

umiltà, ci guadagna sempre vivendo.»
Poi soggiunse: «S'ella vive, spero che avrà fra qualche giorno una gran consolazione. Ella ha dimandato di vedere il signor Maroncelli?».
«Tante volte ho ciò dimandato, ed invano; non ardisco più sperarlo.»
«Speri, speri, signore! e ripeta la dimanda.»
La ripetei infatti quel giorno. Il soprintendente disse parimente ch'io dovea sperare, e soggiunse essere verisimile che non solo Maroncelli potesse vedermi, ma che mi fosse dato per infermiere, ed in appresso per indivisibile compagno.
Siccome, quanti eravamo prigionieri di Stato, avevamo più o meno tutti la salute rovinata, il governatore avea chiesto a Vienna che potessimo esser messi tutti a due a due, affinché uno servisse d'aiuto all'altro.
Io aveva anche dimandato la grazia di scrivere un ultimo addio alla mia famiglia.
Verso la fine della seconda settimana la mia malattia ebbe una crisi, ed il pericolo si dileguò.
Cominciava ad alzarmi, quando un mattino s'apre la porta, e vedo entrar festosi il soprintendente, Schiller ed il medico. Il primo corre a me, e mi dice: «Abbiamo il permesso di darle per compagno Maroncelli, e di lasciarle scrivere una lettera ai parenti».
La gioia mi tolse il respiro, ed il povero soprintendente, che per impeto di buon cuore aveva mancato di prudenza, mi credette perduto.
Quando riacquistai i sensi, e mi sovvenne dell'annuncio udito, pregai che non mi si ritardasse un tanto bene. Il medico consentì, e Maroncelli fu condotto nelle mie braccia.
Oh qual momento fu quello! «Tu vivi?» sclamavamo a vicenda. «Oh amico! oh fratello! che giorno felice c'è ancor toccato di vedere! Dio ne sia benedetto!»
Ma la nostra gioia, ch'era immensa, congiungeasi ad una immensa compassione. Maroncelli doveva esser meno colpito di me, trovandomi cosl deperito com'io era: ei sapea qual grave malattia avessi fatto. Ma io, anche pensando che avesse patito, non me lo immaginava così diverso da quel di prima. Egli era appena riconoscibile. Quelle sembianze, già sì belle, sì floride, erano consumate dal dolore, dalla fame, dall'aria cattiva del tenebroso suo carcere!
Tuttavia il vederci, I'udirci, l'essere finalmente indivisi ci confortava. Oh quante cose avemmo a comunicarci, a ricordare, a ripeterci! Quanta soavità nel compianto! Quanta armonia in tutte le idee! Qual contentezza di trovarci d'accordo in fat to di religione, d'odiare bensì l'uno e l'altro l'ignoranza e la barbarie, ma di non odiare alcun uomo, e di commiserare gl'ignoranti ed i barbari, e pregare per loro!

CAPO LXXV

Mi fu portato un foglio di carta ed il calamaio, affinch'io scrivessi a' parenti.
Siccome propriamente la permissione erasi data ad un moribondo che intendea di volgere alla famiglia l'ultimo addio, io temeva che la mia lettera, essendo ora d'altro tenore, più non venisse spedita. Mi limitai a pregare colla più grande tenerezza genitori, fratelli e sorelle, che si rassegnassero alla mia sorte, protestando loro d'essere rassegnato.
Quella lettera fu nondimeno spedita, come poi seppi allorché dopo tanti anni rividi il tetto paterno.
L'unica fu dessa che in sì lungo tempo della mia captività i cari parenti potessero avere da me. Io da loro non n'ebbi mai alcuna: quelle che mi scrivevano furono sempre tenute a Vienna. Egualmente privati d'ogni relazione colle famiglie erano gli altri compagni di sventura.
Dimandammo infinite volte la grazia d'avere almeno carta e calamaio per istudiare, e quella di far uso de' nostri denari per comprar libri. Non fummo esauditi mai.
Il governatore continuava frattanto a permettere che leggessimo i libri nostri.
Avemmo anche, per bontà di lui, qualche miglioramento di cibo, ma ahi! non fu durevole. Egli avea

consentito che invece d'esser provveduti dalla cucina del trattore delle carceri, il fossimo da quella del soprintendente. Qualche fondo di più era da lui stato assegnato a tal uso. La conferma di queste disposizioni non venne; ma intanto che durò il beneficio, io ne provai molto giovamento. Anche Maroncelli racquistò un po' di vigore. Per l'infelice Oroboni era troppo tardi!
Quest'ultimo era stato accompagnato, prima coll'avvocato Solera, indi col sacerdote D. Fortini.
Quando fummo appaiati in tutte le carceri, il divieto di parlare alle finestre ci fu rinnovato, con minaccia, a chi contravvenisse, d'essere riposto in solitudine. Violammo a dir vero qualche volta il divieto per salutarci, ma lunghe conversazioni più non si fecero.
L'indole di Maroncelli e la mia armonizzavano perfettamente. Il coraggio dell'uno sosteneva il coraggio dell'altro. Se un di noi era preso da mestizia o da fremiti d'ira contro i rigori della nostra condizione, l'altro l'esilarava con qualche scherzo o con opportuni raziocinii. Un dolce sorriso temperava quasi sempre i nostri affanni.
Finché avemmo libri, benché omai tanto riletti da saperli a memoria, eran dolce pascolo alla mente, perché occasione di sempre nuovi esami, confronti, giudizi, rettificazioni, ecc. Leggevamo, ovvero meditavamo gran parte della giornata in silenzio, e davamo al cicaleccio il tempo del pranzo, quello del passeggio e tutta la sera.
Maroncelli nel suo sotterraneo avea composti molti versi d'una gran bellezza. Me li andava recitando, e ne componeva altri. Io pure ne componeva e li recitava. E la nostra memoria esercitavasi a ritenere tutto ciò. Mirabile fu la capacità che acquistammo di poetare lunghe produzioni a memoria, limarle e tornarle a limare infinite volte, e ridurle a quel segno medesimo di possibile finitezza che avremmo ottenuto scrivendole. Maroncelli compose così, a poco a poco, e ritenne in mente parecchie migliaia di versi lirici ed epici. Io feci la tragedia di Leoniero da Dertona e varie altre cose.

CAPO LXXVI

Oroboni, dopo aver molto dolorato nell'inverno e nella primavera, si trovò assai peggio la state. Sputò sangue, e andò in idropisia.
Lascio pensare qual fosse la nostra afflizione, quand'ei si stava estinguendo sì presso di noi, senza che potessimo rompere quella crudele parete che c'impediva di vederlo e di prestargli i nostri amichevoli servigi!
Schiller ci portava le sue nuove. L'infelice giovane patì atrocemente, ma l'animo suo non s'avvilì mai. Ebbe i soccorsi spirituali dal cappellano (il quale, per buona sorte, sapeva il francese).
Morì nel suo dì onomastico, il 13 giugno 1823. Qualche ora prima di spirare, parlò dell'ottogenario suo padre, s'intenerì e pianse. Poi si riprese, dicendo:
«Ma perché piango il più fortunato de' miei cari, poich'egli è alla vigilia di raggiungermi all'eterna pace?»
Le sue ultime parole furono: «Io perdono di cuore ai miei nemici».
Gli chiuse gli occhi D. Fortini, suo amico dall'infanzia, uomo tutto religione e carità.
Povero Oroboni! qual gelo ci corse per le vene, quando ci fu detto ch'ei non era più! Ed udimmo le voci ed i passi di chi venne a prendere il cadavere! E vedemmo dalla finestra il carro in cui veniva portato al cimitero! Traevano quel carro due condannati comuni; lo seguivano quattro guardie. Accompagnammo cogli occhi il triste convoglio fino al cimitero. Entrò nella cinta. Si fermò in un angolo: là era la fossa. Pochi istanti dopo, il carro, i condannati e le guardie tornarono indietro. Una di queste era Kubitzky. Mi disse (gentile pensiero, sorprendente in un uomo rozzo): «Ho segnato con precisione il luogo della sepoltura, affinché, se qualche parente od amico potesse un giorno ottenere di prendere quelle ossa e portarle al suo paese, si sappia dove giacciono».
Quante volte Oroboni m'aveva detto, guardando dalla finestra il cimitero: «Bisogna ch'io m'avvezzi

all'idea d'andare a marcire là entro: eppur confesso che quest'idea mi fa ribrezzo. Mi pare che non si debba star così bene sepolto in questi paesi come nella nostra cara penisola».
Poi ridea e sclamava: «Fanciullaggini! Quando un vestito è logoro e bisogna deporlo, che importa dovunque sia gettato?».
Altre volte diceva: «Mi vado preparando alla morte, ma mi sarei rassegnato più volentieri ad una condizione: rientrare appena nel tetto paterno, abbracciare le ginocchia di mio padre, intendere una parola di benedizione, e morire!».
Sospirava e soggiungeva: «Se questo calice non può allontanarsi, o mio Dio, sia fatta la tua volontà!».
E l'ultima mattina della sua vita disse ancora, baciando u n crocefisso che Kral gli porgea:
«Tu ch'eri divino, avevi pure orrore della morte, e dicevi: Si possibile est. transeat a me calix iste! Perdona se lo dico anch'io. Ma ripeto anche le altre tue parole: Verumtamen non sicut ego volo, sed sicut tu!»

CAPO LXXVII

Dopo la morte d'Oroboni, ammalai di nuovo. Credeva di raggiungere presto l'estinto amico; e ciò bramava. Se non che, mi sarei io separato senza rincrescimento da Maroncelli?
Più volte, mentr'ei, sedendo sul paglioriccio, leggeva o poetava, o forse fingeva al pari di me di distrarsi con tali studi e meditava sulle nostre sventure, io lo guardava con affanno e pensava: "Quanto più trista non sarà la tua vita quando il soffio della morte m'avrà tocco, quando mi vedrai portar via di questa stanza, quando, mirando il cimitero, dirai: 'Anche Silvio è là!'". E m'inteneriva su quel povero superstite, e faceva voti che gli dessero un altro compagno, capace d'apprezzarlo come lo apprezzava io, - ovvero che il Signore prolungasse i miei martirii, e mi lasciasse il dolce uffizio di temperare quelli di quest'infelice, dividendoli.
Io non noto quante volte le mie malattie sgombrarono e ricomparvero. L'assistenza che in esse faceami Maroncelli era quella del più tenero fratello. Ei s'accorgea quando il parlare non mi convenisse, ed allora stava in silenzio; ei s'accorgea quando i suoi detti potessero sollevarmi, ed allora trovava sempre soggetti confacentisi alla disposizione del mio animo, talora secondandola, talora mirando grado grado a mutarla. Spiriti più nobili del suo, io non ne avea mai conosciuti; pari al suo, pochi. Un grande amore per la giustizia, una grande tolleranza, una gran fiducia nella virtù umana e negli aiuti della Provvidenza, un sentimento vivissimo del bello in tutte le arti, una fantasia ricca di poesia, tutte le più amabili doti di mente e di cuore si univano per rendermelo caro.
Io non dimenticava Oroboni, ed ogni dì gemea della sua morte, ma gioivami spesso il cuore immaginando che quel diletto, libero di tutti i mali ed in seno alla Divinità, dovesse pure annoverare fra le sue contentezze quella di vedermi con un amico non meno affettuoso di lui.
Una voce pareva assicurarmi nell'anima che Oroboni non fosse più in luogo di espiazione; nondimeno io pregava sempre per lui. Molte volte sognai di vederlo che pregasse per me; e que' sogni io amava di persuadermi che non fossero accidentali, ma bensì vere manifestazioni sue, permesse da Dio per consolarmi. Sarebbe cosa ridicola s'io riferissi la vivezza di tali sogni, e la soavità che realmente in me lasciavano per intere giornate.
Ma i sentimenti religiosi e l'amicizia mia per Maroncelli alleggerivano sempre più le mie afflizioni. L'unica idea che mi spaventasse era la possibilità che questo infelice, di salute già assai rovinata, sebbene meno minacciante della mia, mi precedesse nel sepolcro. Ogni volta ch'egli ammalava io tremava; ogni volta che vedealo star meglio, era una festa per me.
Queste paure di perderlo davano al mio affetto per lui una forza sempre maggiore; ed in lui la paura di perder me operava lo stesso effetto.
Ah! v'è pur molta dolcezza in quelle alternazioni d'affanni e di speranze per una persona che è l'unica

che ti rimanga! La nostra sorte era sicuramente una delle più misere che si dieno sulla terra; eppure lo stimarci e l'amarci così pienamente formava in mezzo a' nostri dolori una specie di felicità; e davvero la sentivamo.

CAPO LXXVIII

Avrei bramato che il cappellano (del quale io era stato così contento al tempo della mia prima malattia) ci fosse stato conceduto per confessore, e che potessimo vederlo a quando a quando, anche senza trovarci gravemente infermi. Invece di dare questo incarico a lui, il governatore ci destinò un agostiniano, per nome P. Battista, intantoché venisse da Vienna o la conferma di questo, o la nomina d'un altro.

Io temea di perderci nel cambio; m'ingannava. Il P. Battista era un angiolo di carità; i suoi modi erano educatissimi ed anzi eleganti; ragionava profondamente de' doveri dell'uomo.

Lo pregammo di visitarci spesso. Veniva ogni mese, e più frequentemente se poteva. Ci portava anche, col permesso del governatore, qualche libro, e ci diceva, a nome del suo abate, che tutta la biblioteca del convento stava a nostra disposizione. Sarebbe stato un gran guadagno questo per noi, se fosse durato. Tuttavia ne profittammo per parecchi mesi.

Dopo la confessione, ei si fermava lungamente a conversare, e da tutti i suoi discorsi appariva un'anima retta, dignitosa, innamorata della grandezza e della santità dell'uomo. Avemmo la fortuna di godere circa un anno de' suoi lumi e della sua affezione, e non si smentì mai. Non mai una sillaba che potesse far sospettare intenzioni di servire, non al suo ministero, ma alla politica. Non mai una mancanza di qualsiasi delicato riguardo.

A principio, per dir vero, io diffidava di lui, io m'aspettava di vederlo volgere la finezza del suo ingegno ad indagini sconvenienti. In un prigioniero di Stato, simile diffidenza è pur troppo naturale; ma oh quanto si resta sollevato allorché svanisce, allorché si scopre nell'interprete di Dio niun altro zelo che quello della causa di Dio e dell'umanità!

Egli aveva un modo a lui particolare ed efficacissimo di dare consolazioni. Io m'accusava, per esempio, di fremiti d'ira pei rigori della nostra carceraria disciplina. Ei moralizzava alquanto sulla virtù di soffrire con serenità e perdonando; poi passava a dipingere con vivissima rappresentazione le miserie di condizione diverse della mia. Avea molto vissuto in città ed in campagna, conosciuto grandi e piccoli, e meditato sulle umane ingiustizie; sapea descrivere bene le passioni ed i costumi delle varie classi sociali. Dappertutto ei mi mostrava forti e deboli, calpestanti e calpestati; dappertutto la necessità o d'odiare i nostri simili, o d'amarli per generosa indulgenza e per compassione. I casi ch'ei raccontava per rammemorarmi l'universalità della sventura, ed i buoni effetti che si possono trarre da questa, nulla aveano di singolare; erano anzi affatto ovvii; ma diceali con parole così giuste, così potenti, che mi faceano fortemente sentire le deduzioni da ricavarne.

Ah sì! ogni volta ch'io aveva udito quegli amorevoli rimproveri e que' nobili consigli, io ardeva d'amore della virtù, io non abborriva più alcuno, io avrei data la vita pel minimo de' miei simili, io benediceva Dio d'avermi fatto uomo.

Ah! infelice chi ignora la sublimità della confessione! infelice chi, per non parer volgare, si crede obbligato di guardarla con ischerno! Non è vero che, ognuno sapendo già che bisogna esser buono, sia inutile di sentirselo a dire; che bastino le proprie riflessioni ed opportune letture; no! la favella viva d'un uomo ha una possanza che né le letture, né le proprie riflessioni non hanno! L'anima n'è più scossa; le impressioni che vi si fanno, sono più profonde. Nel fratello che parla, v'è una vita ed un'opportunità che sovente indarno si cercherebbero ne' libri e ne' nostri proprii pensieri.

CAPO LXXIX

Nel principio del 1824, il soprintendente, il quale aveva la sua cancelleria ad uno de' capi del nostro corridoio, trasportossi altrove, e le stanze di cancelleria con altre annesse furono ridotte a carceri. Ahi! capimmo che nuovi prigionieri di Stato doveano aspettarsi d'Italia.
Giunsero infatti in breve quelli d'un terzo processo: tutti amici e conoscenti miei! Oh, quando seppi i loro nomi qual fu la mia tristezza! Borsieri era uno de' più antichi miei amici! A Confalonieri io era affezionato da men lungo tempo, ma pur con tutto il cuore! Se avessi potuto, passando al carcere durissimo od a qualunque immaginabile tormento, scontare la loro pena e liberarli, Dio sa se non l'avrei fatto! Non dico solo dar la vita per essi: ah che cos'è il dar la vita? soffrire è ben più!
Avrei avuto allora tanto d'uopo delle consolazioni del P. Battista; non gli permisero più di venire.
Nuovi ordini vennero pel mantenimento della più severa disciplina. Quel terrapieno che ci serviva di passeggio fu dapprima cinto di steccato, sicché nessuno, nemmeno in lontananza con telescopii, potesse più vederci; e così noi perdemmo lo spettacolo bellissimo delle circostanti colline e della sottoposta città. Ciò non bastò. Per andare a quel terrapieno, conveniva attraversare, come dissi, il cortile, ed in questo molti aveano campo di scorgerci. A fine di occultarci a tutti gli sguardi, ci fu tolto quel luogo di passeggio e ce ne venne assegnato uno piccolissimo, situato contiguamente al nostro corridoio, ed a pretta tramontana, come le nostre stanze.
Non posso esprimere quanto questo cambiamento di passeggio ci affliggesse. Non ho notato tutti i conforti che avevamo nel luogo che ci veniva tolto. La vista de' figliuoli del soprintendente, i loro cari amplessi, dove avevamo veduta inferma ne' suoi ultimi giorni la loro madre; qualche chiacchiera col fabbro, che aveva pur ivi il suo alloggio; le liete canzoncine e le armonie d'un caporale che sonava la chitarra; e per ultimo un innocente amore - un amore non mio, né del mio compagno, ma d'una buona caporalina ungherese, venditrice di frutta. Ella erasi invaghita di Maroncelli.
Già prima che fosse posto con me, esso e la donna, vedendosi ivi quasi ogni giorno, aveano fatto un poco d'amicizia. Egli era anima sì onesta, sì dignitosa, sì semplice nelle sue viste, che ignorava affatto d'avere innamorato la pietosa creatura. Ne lo feci accorto io. Esitò di prestarmi fede, e nel dubbio solo che avessi ragione, impose a se stesso di mostrarsi più freddo con essa. La maggior riserva di lui, invece di spegnere l'amore della donna, pareva aumentarlo.
Siccome la finestra della stanza di lei era alta appena un braccio dal suolo del terrapieno, ella balzava dal nostro lato per l'apparente motivo di stendere al sole qualche pannolino o fare alcun'altra faccenduola, e stava lì a guardarci; e se poteva, attaccava discorso.
Le povere nostre guardie, sempre stanche di aver poco o niente dormito la notte, coglievano volentieri l'occasione d'essere in quell'angolo, dove, senz'essere vedute da' superiori, poteano sedere sull'erba e sonnecchiare. Maroncelli era allora in un grande imbarazzo, tanto appariva l'amore di quella sciagurata. Maggiore era l'imbarazzo mio. Nondimeno simili scene, che sarebbero state assai risibili se la donna ci avesse ispirato poco rispetto, erano per noi serie, e potrei dire patetiche. L'infelice ungherese aveva una di quelle fisionomie, le quali annunciano indubitabilmente l'abitudine della virtù ed il bisogno di stima. Non era bella, ma dotata di tale espressione di gentilezza, che i contorni alquanto irregolari del suo volto sembravano abbellirsi ad ogni sorriso, ad ogni moto de' muscoli.
Se fosse mio proposito di scrivere d'amore, mi resterebbero non brevi cose a dire di quella misera e virtuosa donna, - or morta Ma basti l'avere accennato uno de' pochi avvenimenti del nostro carcere.

CAPO LXXX

I cresciuti rigori rendevano sempre più monotona la nostra vita. Tutto il 1824, tutto il 25, tutto il 26,

tutto il 27, in che ii passarono per noi? Ci fu tolto quell'uso de' nostri libri che per interim ci era stato conceduto dal governatore. Il carcere divenneci una vera tomba, nella quale neppure la tranquillità della tomba c'era lasciata. Ogni mese veniva, in giorno indeterminato, a farvi una diligente perquisizione il direttore di polizia, accompagnato d'un luogotenente e di guardie. Ci spogliavano nudi, esaminavano tutte le cuciture de' vestiti, nel dubbio che vi si tenesse celata qualche carta o altro, si scucivano i pagliericci per frugarvi dentro. Benché nulla di clandestino potessero trovarci, questa visita ostile e di sorpresa, ripetuta senza fine, aveva non so che, che m'irritava, e che ogni volta metteami la febbre.
Gli anni precedenti m'erano sembrati sì infelici, ed ora io pensava ad essi con desiderio, come ad un tempo di care dolcezze. Dov'erano le ore ch'io m'ingolfava nello studio della Bibbia, o d'Omero? A forza di leggere Omero nel testo, quella poca cognizione di greco ch'io aveva si era aumentata, ed erami appassionato per quella lingua. Quanto incresceami di non poterne continuare lo studio! Dante, Petrarca, Shakespeare, Byron, Walter Scott, Schiller, Goethe, ecc., quanti amici m'erano involati! Fra siffatti io annoverava pure alcuni libri di cristiana sapienza, come il Bourdaloue, il Pascal, l'Imitazione di Gesù Cristo, la Filotea, ecc., libri che se si leggono con critica ristretta ed illiberale, esultando ad ogni reperibile difetto di gusto, ad ogni pensiero non valido, si gettano là e non si ripigliano; ma che, letti senza malignare e senza scandalezzarsi dei lati deboli, scoprono una filosofia alta e vigorosamente nutritiva pel cuore e per l'intelletto.
Alcuni di siffatti libri di religione ci furono poscia mandati in dono dall'Imperatore, ma con esclusione assoluta di libri d'altra specie servienti a studio letterario.
Questo dono d'opere ascetiche venneci impetrato nel 1825 da un confessore dalmata inviatoci da Vienna, il P. Stefano Paulowich, fatto, due anni appresso, vescovo di Cattaro. A lui fummo pur debitori d'aver finalmente la messa, che prima ci si era sempre negata dicendoci che non poteano condurci in chiesa e tenerci separati a due a due siccome era prescritto.
Tanta separazione non potendo mantenersi, andavamo alla messa divisi in tre gruppi; un gruppo sulla tribuna dell'organo, un altro sotto la tribuna, in guisa da non esser veduto, ed il terzo in un oratorietto guardante in chiesa per mezzo d'una grata.
Maroncelli ed io avevamo allora per compagni, ma con divieto che una coppia parlasse coll'altra, sei condannati, di sentenza anteriore alla nostra. Due di essi erano stati miei vicini nei Piombi di Venezia. Eravamo condotti da guardie al posto assegnato, e ricondotti, dopo la messa, ciascuna coppia nel suo carcere. Veniva a dirci la messa un cappuccino. Questo buon uomo finiva sempre il suo rito con un Oremus implorante la nostra liberazione dai vincoli, e la sua voce si commovea. Quando veniva via dall'altare, dava una pietosa occhiata a ciascuno de' tre gruppi, ed inchinava mestamente il capo pregando.

CAPO LXXXI

Nel 1825 Schiller fu riputato omai troppo indebolito dagli acciacchi della vecchiaia, e gli diedero la custodia d'altri condannati pei quali sembrasse non richiedersi tanta vigilanza. Oh quanto c'increbbe ch'ei si allontanasse da noi, ed a lui pure increbbe di lasciarci!
Per successore ebb'egli dapprima Kral, uomo non inferiore a lui in bontà. Ma anche a questo venne data in breve un'altra destinazione, e ce ne capitò uno, non cattivo, ma burbero ed estraneo ad ogni dimostrazione d'affetto.
Questi mutamenti m'affliggevano profondamente. Schiller, Kral e Kubitzky, ma in particolar modo i due primi, ci avevano assistiti nelle nostre malattie come un padre ed un fratello avrebbero potuto fare. Incapaci di mancare al loro dovere, sapeano eseguirlo senza durezza di cuore. Se v'era un po' di durezza nelle forme, era quasi sempre involontaria, e riscattavanla pienamente i tratti amorevoli che ci usavano. M'adirai talvolta contr'essi, ma oh come mi perdonavano cordialmente! come anelavano di persuaderci

che non erano senza affezione per noi, e come gioivano vedendo che n'eravamo persuasi e li stimavamo uomini dabbene!

Dacché fu lontano da noi, più volte Schiller s'ammalò, e si riebbe. Domandavamo contezza di lui con ansietà filiale. Quand'egli era convalescente, veniva talvolta a passeggiare sotto le nostre finestre. Noi tossivamo per salutarlo, ed egli guardava in su con un sorriso melanconico, e diceva alla sentinella, in guisa che udissimo: «Da sind meine Söhne! (là sono i miei figli!)».

Povero vecchio! che pena mi mettea il vederti trascinare stentatamente l'egro fianco, e non poterti sostenere col mio braccio!

Talvolta ei sedeva lì sull'erba, e leggea. Erano libri ch'ei m'avea prestati. Ed affinché io li riconoscessi, ei ne diceva il titolo alla sentinella, o ne ripeteva qualche squarcio. Per lo più tai libri erano novelle da calendari, od altri romanzi di poco valore letterario, ma morali.

Dopo varie ricadute d'apoplessia, si fece portare all'ospedale de' militari. Era già in pessimo stato, e colà in breve morì. Possedeva alcune centinaia di fiorini, frutto de' suoi lunghi risparmii: queste erano da lui state date in prestito ad alcuni suoi commilitoni. Allorché si vide presso il suo fine, appellò a sè quegli amici, e disse: «Non ho più congiunti; ciascuno di voi si tenga ciò che ha nelle mani. Vi domando solo di pregare per me».

Uno di tali amici aveva una figlia di diciotto anni, la quale era figlioccia di Schiller. Poche ore prima di morire, il buon vecchio la mandò a chiamare. Ei non potea più proferire parole distinte; si cavò di dito un anello d'argento, ultima sua ricchezza, e lo mise in dito a lei. Poi la baciò, e pianse baciandola. La fanciulla urlava, e lo inondava di lagrime. Ei gliele asciugava col fazzoletto. Prese le mani di lei e se le pose sugli occhi. - Quegli occhi erano chiusi per sempre.

CAPO LXXXII

Le consolazioni umane ci andavano mancando una dopo l'altra; gli affanni erano sempre maggiori. Io mi rassegnava al voler di Dio, ma mi rassegnava gemendo; e l'anima mia, invece d'indurirsi al male, sembrava sentirlo sempre più dolorosamente.

Una volta mi fu clandestinamente recato un foglio della Gazzetta d'Augsburgo, nel quale spacciavasi stranissima cosa di me, a proposito della monacazione d'una delle mie sorelle.

Diceva: «La signora Maria Angiola Pellico, figlia ecc. ecc., prese addì ecc. il velo nel monastero della Visitazione in Torino ecc. È dessa sorella dell'autore della Francesca da Rimini, Silvio Pellico, il quale usci recentemente dalla fortezza di Spielberg, graziato da S.M. l'Imperatore; tratto di clemenza degnissimo di sì magnanimo Sovrano, e che rallegrò tutta Italia, stanteché, ecc. ecc.».

E qui seguivano le mie lodi.

La frottola della grazia non sapeva immaginarmi perché fosse stata inventata. Un puro divertimento del giornalista non parea verisimile; era forse qualche astuzia delle polizie tedesche? Chi lo sa? Ma i nomi di Maria Angiola erano precisamente quelli di mia sorella minore. Doveano, senza dubbio, esser passati dalla gazzetta di Torino ad altre gazzette. Dunque quell'ottima fanciulla s'era veramente fatta monaca? Ah, forse ella prese quello stato perché ha perduto i genitori! Povera fanciulla! non ha voluto ch'io solo patissi le angustie del carcere: anch'ella ha voluto recludersi! Il Signore le dia più che non dà a me, le virtù della pazienza e della abnegazione! Quante volte, nella sua cella, quell'angiolo penserà a me! quanto spesso farà dure penitenze per ottener da Dio che alleggerisca i mali del fratello!

Questi pensieri m'intenerivano, mi straziavano il cuore. Pur troppo le mie sventure potevano aver influito ad abbreviare i giorni del padre o della madre, o d'entrambi! Più ci pensava, e più mi pareva impossibile che senza siffatta perdita la mia Marietta avesse abbandonato il tetto paterno. Questa idea mi opprimeva quasi certezza, ed io caddi quindi nel più angoscioso lutto.

Maroncelli n'era commosso non meno di me. Qualche giorno appresso ei diedesi a comporre un lamento poetico sulla sorella del prigioniero. Riuscì un bellissimo poemetto spirante melanconia e compianto. Quando l'ebbe terminato, me lo recitò. Oh come gli fui grato della sua gentilezza! Fra tanti milioni di versi che fino allora s'erano fatti per monache, probabilmente quelli erano i soli che si componessero in carcere, pel fratello della monaca, da un compagno di ferri. Qual concorso d'idee patetiche e religiose!

Così l'amicizia addolciva i miei dolori. Ah, da quel tempo non volse più giorno ch'io non m'aggirassi lungamente col pensiero in un convento di vergini; che fra quelle vergini io non ne considerassi con più tenera pietà una: ch'io non pregassi ardentemente il Cielo d'abbellirle la solitudine, e di non lasciare che la fantasia le dipingesse troppo orrendamente la mia prigione!

CAPO LXXXIII

L'essermi venuta clandestinamente quella gazzetta non faccia immaginare al lettore che frequenti fossero le notizie del mondo ch'io riuscissi a procurarmi. No: tutti erano buoni intorno a me, ma tutti legati da somma paura. Se avvenne qualche lieve clandestinità, non fu se non quando il pericolo potea veramente parer nullo. Ed era difficil cosa che potesse parer nullo in mezzo a tante perquisizioni ordinarie e straordinarie.

Non mi fu mai dato d'avere nascostamente notizie dei miei cari lontani, tranne il surriferito cenno relativo a mia sorella.

Il timore ch'io aveva, che i miei genitori non fossero più in vita, venne di lì a qualche tempo piuttosto aumentato che diminuito dal modo con cui una volta il direttore di polizia venne ad annunciarmi che a casa mia stavano bene.

«S.M. l'Imperatore comanda» diss'egli «che io le partecipi buone nuove di que' congiunti ch'ella ha a Torino.»

Trabalzai dal piacere e dalla sorpresa a questa non mai prima avvenuta partecipazione, e chiesi maggiori particolarità.

«Lasciai» gli diss'io «genitori, fratelli e sorelle a Torino. Vivono tutti? Deh, s'ella ha una lettera d'alcun di loro, la supplico di mostrarmela!»

«Non posso mostrar niente. Ella deve contentarsi di ciò. È sempre una prova di benignità dell'Imperatore il farle dire queste consolanti parole. Ciò non s'è ancor fatto a nessuno.»

«Concedo esser prova di benignità dell'Imperatore; ma ella sentirà che m'è impossibile trarre consolazione da parole così indeterminate. Quali sono que' miei congiunti che stanno bene? Non ne ho io perduto alcuno?»

«Signore, mi rincresce di non poterle dire di più di quel che m'è stato imposto.»

E così se n'andò.

L'intenzione era certamente stata di recarmi un sollievo con quella notizia. Ma io mi persuasi che, nello stesso tempo che l'Imperatore aveva voluto cedere alle istanze di qualche mio congiunto, e consentire che mi fosse portato quel cenno, ei non volea che mi si mostrasse alcuna lettera, affinch'io non vedessi quali de' miei cari mi fossero mancati.

Indi a parecchi mesi, un annuncio simile al suddetto mi fu recato. Niuna lettera, niuna spiegazione di più.

Videro ch'io non mi contentava di tanto e che rimaneane vieppiù afflitto, e nulla mai più mi dissero della mia famiglia.

L'immaginarmi che i genitori fossero morti, che il fossero forse anche i fratelli, e Giuseppina altra mia amatissima sorella; che forse Marietta unica superstite s'estinguerebbe presto nell'angoscia della solitudine e negli stenti della penitenza, mi distaccava sempre più dalla vita.

Alcune volte, assalito fortemente dalle solite infermità o da infermità nuove, come coliche orrende con

sintomi dolorosissimi e simili a quelli del morbo-colera, io sperai di morire. Si; l'espressione è esatta: sperai.
E nondimeno, oh contraddizioni dell'uomo! dando un'occhiata al languente mio compagno mi si straziava il cuore al pensiero di lasciarlo solo, e desiderava di nuovo la vita!

CAPO LXXXIV

Tre volte vennero di Vienna personaggi d'alto grado a visitare le nostre carceri, per assicurarsi che non ci fossero abusi di disciplina. La prima fu del barone von Münch, e questi, impietosito della poca luce che avevamo, disse che avrebbe implorato di poter prolungare la nostra giornata facendoci mettere per qualche ora della sera una lanterna alla parte esteriore dello sportello. La sua visita fu nel 1825. Un anno dopo fu eseguito il suo pio intento. E così a quel lume sepolcrale potevamo indi in poi vedere le pareti, e non romperci il capo passeggiando.
La seconda visita fu del barone von Vogel. Egli mi trovò in pessimo stato di salute, ed udendo che, sebbene il medico riputasse a me giovevole il caffè, non s'attentava d'ordinarmelo perché oggetto di lusso, disse una parola di consenso a mio favore; ed il caffè mi venne ordinato.
La terza visita fu di non so qual altro signore della Corte, uomo tra i cinquanta ed i sessanta, che ci dimostrò co' modi e colle parole la più nobile compassione. Non potea far nulla per noi, ma l'espressione soave della sua bontà era un beneficio, e gli fummo grati.
Oh qual brama ha il prigioniero di veder creature della sua specie! La religione cristiana, che è sì ricca d'umanità, non ha dimenticato di annoverare fra le opere di misericordia il visitare i carcerati. L'aspetto degli uomini cui duole della tua sventura, quand'anche non abbiano modo di sollevartene più efficacemente, te l'addolcisce.
La somma solitudine può tornar vantaggiosa all'ammendamento d'alcune anime; ma credo che in generale lo sia assai più se non ispinta all'estremo, se mescolata di qualche contatto colla società. Io almeno son così fatto. Se non vedo i miei simili, concentro il mio amore su troppo picciolo numero di essi, e disamo gli altri; se posso vederne, non dirò molti, ma un numero discreto, amo con tenerezza tutto il genere umano.
Mille volte mi son trovato col cuore sì unicamente amante di pochissimi, e pieno d'odio per gli altri, ch'io me ne spaventava. Allora andava alla finestra sospirando di vedere qualche faccia nuova, e m'estimava felice se la sentinella non passeggiava troppo rasente il muro; se si scostava sì che potessi vederla; se alzava il capo udendomi tossire, se la sua fisionomia era buona. Quando mi parea scorgervi sensi di pietà, un dolce palpito prendeami come se quello sconosciuto soldato fosse un intimo amico. S'ei s'allontanava, io aspettava con innamorata inquietudine ch'ei ritornasse, e s'ei ritornava guardandomi, io ne gioiva come d'una grande carità. Se non passava più in guisa ch'io lo vedessi, io restava mortificato come uomo che ama, e conosce che altri nol cura.

CAPO LXXXV

Nel carcere contiguo, già d'Oroboni, stavano ora D. Marco Fortini e il signor Antonio Villa. Quest'ultimo, altre volte robusto come un Ercole, patì molto la fame il primo anno, e quando ebbe più cibo si trovò senza forze per digerire. Languì lungamente, e poi, ridotto quasi all'estremità, ottenne che gli dessero un carcere più arioso. L'atmosfera mefitica d'un angusto sepolcro gli era, senza dubbio, nocivissima, siccome lo era a tutti gli altri. Ma il rimedio da lui invocato non fu sufficiente. In quella stanza grande campò qualche mese ancora, poi dopo varii sbocchi di sangue morì.

Fu assistito dal concaptivo D. Fortini e dall'abate Paulowich, venuto in fretta di Vienna quando si seppe ch'era moribondo.
Bench'io non mi fossi vincolato con lui così strettamente come con Oroboni, pur la sua morte mi afflisse molto. Io sapeva ch'egli era amato colla più viva tenerezza da' genitori e da una sposa! Per lui, era più da invidiarsi che da compiangersi; ma que' superstiti!...
Egli era anche stato mio vicino sotto i Piombi; Tremerello m'avea portato parecchi versi di lui, e gli avea portati de' miei. Talvolta regnava in que' suoi versi un profondo sentimento.
Dopo la sua morte mi parve d'essergli più affezionato che in vita, udendo dalle guardie quanto miseramente avesse patito. L'infelice non poteva rassegnarsi a morire, sebbene religiosissimo. Provò al più alto grado l'orrore di quel terribile passo, benedicendo però sempre il Signore, e gridandogli con lagrime:
«Non so conformare la mia volontà alla tua, eppur voglio conformarla; opera tu in me questo miracolo!»
Ei non aveva il coraggio d'Oroboni, ma lo imitò, protestando di perdonare a' nemici.
Alla fine di quell'anno (era il 1826) udimmo una sera nel corridoio il romore mal compresso di parecchi camminanti. I nostri orecchi erano divenuti sapientissimi a discernere mille generi di romori. Una porta viene aperta; conosciamo essere quella ov'era l'avvocato Solera. Se n'apre un'altra: è quella di Fortini. Fra alcune voci dimesse, distinguiamo quella del direttore di polizia. «Che sarà? Una perquisizione ad ora sì tarda? e perché?»
Ma in breve escono di nuovo nel corridoio. Quand'ecco la cara voce del buon Fortini: «Oh povereto mi! la scusi, sala; ho desmentegà un tomo del breviario».
E lesto lesto ei correva indietro a prendersi quel tomo, poi raggiungeva il drappello. La porta della scala s'aperse, intendemmo i loro passi fino al fondo: capimmo che i due felici aveano ricevuto la grazia; e, sebbene c'increscesse di non seguirli, ne esultammo.

CAPO LXXXVI

Era la liberazione di que' due compagni senza alcuna conseguenza per noi? Come uscivano essi, i quali erano stati condannati al pari di noi, uno a vent'anni, l'altro a quindici, e su noi e su molt'altri non risplendeva grazia?
Contro i non liberati esistevano dunque prevenzioni più ostili? Ovvero sarebbevi la disposizione di graziarci tutti, ma a brevi intervalli di distanza, due alla volta? forse ogni mese? forse ogni due o tre mesi?
Così per alcun tempo dubbiammo. E più di tre mesi volsero né altra liberazione faceasi. Verso la fine del 1827, pensammo che il dicembre potesse essere determinato per anniversario delle grazie. Ma il dicembre passò e nulla accadde.
Protraemmo l'aspettativa sino alla state del 1828, terminando allora per me i sett'anni e mezzo di pena, equivalenti, secondo il detto dell'Imperatore, ai quindici, ove pure la pena si volesse contare dall'arresto. Ché se non voleasi comprendere il tempo del processo (e questa supposizione era la più verisimile), ma bensì cominciare dalla pubblicazione della condanna, i sett'anni e mezzo non sarebbero finiti che nel 1829.
Tutti i termini calcolabili passarono, e grazia non rifulse. Intanto, già prima dell'uscita di Solera e Fortini, era venuto al mio povero Maroncelli un tumore al ginocchio sinistro. In principio il dolore era mite, e lo costringea soltanto a zoppicare. Poi stentava a trascinare i ferri, e di rado usciva a passeggio. Un mattino d'autunno gli piacque d'uscir meco per respirare un poco d'aria: v'era già neve; ed in un fatale momento ch'io nol sosteneva, inciampò e cadde. La percossa fece immantinente divenire acuto il dolore del ginocchio. Lo portammo sul suo letto; ei non era più in grado di reggersi. Quando il medico

lo vide, si decise finalmente a fargli levare i ferri. Il tumore peggiorò di giorno in giorno, e divenne enorme e sempre più doloroso. Tali erano i martirii del povero infermo, che non potea aver requie né in letto né fuor di letto.
Quando gli era necessità muoversi, alzarsi, porsi a giacere, io dovea prendere colla maggior delicatezza possibile la gamba malata, e trasportarla lentissimamente nella guisa che occorreva. Talvolta, per fare il più piccolo passaggio da una posizione all'altra ci volevano quarti d'ora di spasimo.
Sanguisughe, fontanelle, pietre caustiche, fomenti ora asciutti, or umidi, tutto fu tentato dal medico. Erano accrescimenti di strazio, e niente più. Dopo i bruciamenti colle pietre si formava la suppurazione. Quel tumore era tutto piaghe; ma non mai diminuiva, non mai lo sfogo delle piaghe recava alcun lenimento al dolore.
Maroncelli era mille volte più infelice di me; nondimeno, oh quanto io pativa con lui! Le cure d'infermiere mi erano dolci, perché usate a sì degno amico. Ma vederlo così deperire, fra sì lunghi atroci tormenti, e non potergli recar salute! E presagire che quel ginocchio non sarebbe mai più risanato! E scorgere che l'infermo tenea più verisimile la morte che la guarigione! E doverlo continuamente ammirare pel suo coraggio e per la sue serenità! ah, ciò m'angosciava in modo indicibile!

CAPO LXXXVII

In quel deplorabile stato, ei poetava ancora, ei cantava, ei discorreva; ei tutto facea per illudermi, per nascondermi una parte de' suoi mali. Non potea più digerire, né dormire; dimagrava spaventosamente; andava frequentemente in deliquio; e tuttavia, in alcuni istanti raccoglieva la sua vitalità e faceva animo a me.
Ciò ch'egli patì per nove lunghi mesi non è descrivibile. Finalmente fu conceduto che si tenesse un consulto. Venne il protomedico, approvò tutto quello che il medico avea tentato, e senza pronunciare la sue opinione sull'infermità, e su ciò che restasse a fare, se n'andò.
Un momento appresso, viene il sottintendente, e dice a Maroncelli: «Il protomedico non s'è avventurato di spiegarsi qui in sua presenza; temeva ch'ella non avesse la forza d'udirsi annunziare una dura necessità. Io l'ho assicurato che a lei non manca il coraggio».
«Spero» disse Maroncelli «d'averne dato qualche prova, in soffrire senza urli questi strazi. Mi si proporrebbe mai?..»
«Si, signore, l'amputazione. Se non che il protomedico, vedendo un corpo così emunto, èsita a consigliarla. In tanta debolezza, si sentirà ella capace di sostenere l'amputazione? Vuol ella esporsi al pericolo?...»
«Di morire? E non morrei in breve egualmente se non si mette termine a questo male?»
«Dunque faremo subito relazione a Vienna d'ogni cosa, ed appena venuto il permesso di amputarla...»
«Che? ci vuole un permesso?»
«Sì, signore.»
Di lì a otto giorni, l'aspettato consentimento giunse.
Il malato fu portato in una stanza più grande; ei dimandò ch'io lo seguissi.
«Potrei spirare sotto l'operazione;» diss'egli «ch'io mi trovi almeno fra le braccia dell'amico.»
La mia compagnia gli fu conceduta.
L'abate Wrba, nostro confessore (succeduto a Paulowich), venne ad amministrare i sacramenti all'infelice. Adempiuto questo atto di religione, aspettavamo i chirurgi, e non comparivano. Maroncelli si mise ancora a cantare un inno.
I chirurgi vennero alfine: erano due. Uno, quello ordinario della casa, cioè il nostro barbiere, ed egli, quando occorrevano operazioni, aveva il diritto di farle di sua mano e non volea cederne l'onore ad

altri. L'altro era un giovane chirurgo, allievo della scuola di Vienna, e già godente fama di molta abilità. Questi, mandato dal governatore per assistere all'operazione e dirigerla, avrebbe voluto farla egli stesso, ma gli convenne contentarsi di vegliare all'esecuzione.
Il malato fu seduto sulla sponda del letto colle gambe giù: io lo tenea fra le mie braccia. Al di sopra del ginocchio, dove la coscia cominciava ad esser sana, fu stretto un legaccio, segno del giro che dovea fare il coltello. Il vecchio chirurgo tagliò tutto intorno, la profondità d'un dito; poi tirò in su la pelle tagliata, e continuò il taglio sui muscoli scorticati. Il sangue fluiva a torrenti dalle arterie, ma queste vennero tosto legate con filo di seta. Per ultimo, si segò l'osso.
Maroncelli non mise un grido. Quando vide che gli portavano via la gamba tagliata, le diede un'occhiata di compassione, poi, voltosi al chirurgo operatore, gli disse:
«Ella m'ha liberato d'un nemico, e non ho modo di rimunerarnela.»
V'era in un bicchiere sopra la finestra una rosa.
«Ti prego di portarmi quella rosa» mi disse.
Gliela portai. Ed ei l'offerse al vecchio chirurgo, dicendogli:
«Non ho altro a presentarle in testimonianza della mia gratitudine.»
Quegli prese la rosa, e pianse.

CAPO LXXXVIII

I chirurgi aveano creduto che l'infermeria di Spielberg provvedesse tutto l'occorrente, eccetto i ferri ch'essi portarono. Ma fatta l'amputazione, s'accorsero che mancavano diverse cose necessarie: tela incerata, ghiaccio, bende, ecc.
Il misero mutilato dovette aspettare due ore, che tutto questo fosse portato dalla città. Finalmente poté stendersi sul letto; ed il ghiaccio gli fu posto sul tronco.
Il dì seguente, liberarono il tronco dai grumi di sangue formativisi, lo lavarono, tirarono in giù la pelle, e fasciarono.
Per parecchi giorni non si diede al malato se non qualche mezza chicchera di brodo con torlo d'uovo sbattuto. E quando fu passato il pericolo della febbre vulneraria, cominciarono gradatamente a ristorarlo con cibo più nutritivo. L'Imperatore avea ordinato che, finché le forze fossero ristabilite, gli si desse buon cibo, della cucina del soprintendente.
La guarigione si operò in quaranta giorni. Dopo i quali fummo ricondotti nel nostro carcere; questo per altro ci venne ampliato, facendo cioè un'apertura al muro ed unendo la nostra antica tanai a quella già abitata da Oroboni e poi da Villa.
Io trasportai il mio letto al luogo medesimo ov'era stato quello d'Oroboni, ov'egli era morto.
Quest'identità di luogo m'era cara; pareami di essermi avvicinato a lui. Sognava spesso di lui, e pareami che il suo spirito veramente mi visitasse e mi rasserenasse con celesti consolazioni.
Lo spettacolo orribile di tanti tormenti sofferti da Maroncelli, e prima del taglio della gamba, e durante quell'operazione, e dappoi, mi fortificò l'animo. Iddio, che m'avea dato sufficiente salute nel tempo della malattia di quello, perché le mie cure gli erano necessarie, me la tolse allorch'egli poté reggersi sulle grucce.
Ebbi parecchi tumori glandulari dolorosissimi. Ne risanai, ed a questi successero affanni di petto, già provati altre volte ma ora più soffocanti che mai, vertigini e dissenterie spasmodiche.
«È venuta la mia volta" diceva tra me. "Sarò io meno paziente del mio compagno?"
M'applicai quindi ad imitare, quant'io sapea, la sua virtù.
Non v'è dubbio che ogni condizione umana ha i suoi doveri. Quelli d'un infermo sono la pazienza, il coraggio e tutti gli sforzi per non essere inamabile a coloro che gli sono vicini.
Maroncelli, sulle sue povere grucce, non avea più l'agilità d'altre volte, e rincresceagli, temendo di

servirmi meno bene. Ei temeva inoltre che, per risparmiargli i movimenti e la fatica, io non mi prevalessi de' suoi servigi quanto mi abbisognava.
E questo veramente talora accadeva, ma io procacciava che non se n'accorgesse.
Quantunque egli avesse ripigliato forza, non era però senza incomodi. Ei pativa, come tutti gli amputati, sensazioni dolorose ne' nervi, quasiché la parte tagliata vivesse ancora. Gli doleano il piede, la gamba ed il ginocchio ch'ei più non avea. Aggiugneasi che l'osso era stato mal segato, e sporgeva nelle nuove carni, e facea frequenti piaghe. Soltanto dopo circa un anno il tronco fu abbastanza indurito e più non s'aperse.

CAPO LXXXIX

Ma nuovi mali assalirono l'infelice, e quasi senza intervallo. Dapprima una artritide, che cominciò per le giunture delle mani e poi gli martirò più mesi tutta la persona; indi lo scorbuto. Questo gli coperse in breve il corpo di macchie livide, e mettea spavento.
Io cercava di consolarmi, pensando tra me: "Poiché convien morir qua dentro, è meglio che sia venuto ad uno dei due lo scorbuto; è male attaccaticcio, e ne condurrà nella tomba, se non insieme, almeno a poca distanza di tempo"
Ci preparavamo entrambi alla morte, ed eravamo tranquilli. Nove anni di prigione e di gravi patimenti ci aveano finalmente addimesticati coll'idea del totale disfacimento di due corpi così rovinati e bisognosi di pace. E le anime fidavano nella bontà di Dio, e credeano di riunirsi entrambe in luogo ove tutte le ire degli uomini cessano, ed ove pregavamo che a noi si riunissero anche, un giorno, placati, coloro che non ci amavano.
Lo scorbuto, negli anni precedenti, aveva fatto molta strage in quelle prigioni. Il governo, quando seppe che Maroncelli era affetto da quel terribile male, paventò nuova epidemia scorbutica e consentì all'inchiesta del medico, il quale diceva non esservi rimedio efficace per Maroncelli se non l'aria aperta, e consigliava di tenerlo il meno possibile entro la stanza.
Io, come contubernale di questo, ed anche infermo di discrasia, godetti lo stesso vantaggio.
In tutte quelle ore che il passeggio non era occupato da altri, cioè da mezz'ora avanti l'alba per un paio d'ore, poi durante il pranzo, se così ci piaceva, indi per tre ore della sera sin dopo il tramonto, stavamo fuori. Ciò pei giorni feriali. Ne' festivi, non essendovi il passeggio consueto degli altri, stavamo fuori da mattina a sera, eccettuato il pranzo.
Un altro infelice, di salute danneggiatissima, e di circa settant'anni, fu aggregato a noi, reputandosi che l'ossigeno potessegli pur giovare. Era il signor Costantino Munari, amabile vecchio, dilettante di studi letterari e filosofici, e la cui società ci fu assai piacevole.
Volendo computare la mia pena non dall'epoca dell'arresto ma da quella della condanna, i sette anni e mezzo finivano nel 1829 ai primi di luglio, secondo la firma imperiale della sentenza, ovvero ai 22 d'agosto, secondo la pubblicazione.
Ma anche questo termine passò, e morì ogni speranza.
Fino allora Maroncelli, Munari ed io facevamo talvolta la supposizione di rivedere ancora il mondo, la nostra Italia, i nostri congiunti; e ciò era materia di ragionamenti pieni di desiderio, di pietà e d'amore.
Passato l'agosto e poi il settembre, e poi tutto quell'anno, ci avvezzammo a non isperare più nulla sopra la terra, tranne l'inalterabile continuazione della reciproca nostra amicizia, e l'assistenza di Dio, per consumare degnamente il resto del nostro lungo sacrifizio.
Ah l'amicizia e la religione sono due beni inestimabili! Abbelliscono anche le ore de' prigionieri, a cui più non risplende verisimiglianza di grazia! Dio è veramente cogli sventurati; - cogli sventurati che amano!

CAPO XC

Dopo la morte di Villa, all'abate Paulowich, che fu fatto vescovo, segui per nostro confessore l'abate Wrba, moravo, professore di Testamento Nuovo a Brünn, valente allievo dell'Istituto Sublime di Vienna.
Quest'istituto è una congregazione fondata dal celebre Frint, allora parroco di corte. I membri di tal congregazione sono tutti sacerdoti, i quali, già laureati in teologia, proseguono ivi sotto severa disciplina i loro studi, per giungere al possesso del massimo sapere conseguibile. L'intento del fondatore è stato egregio: quello cioè di produrre un perenne disseminamento di vera e forte scienza nel clero cattolico di Germania. E simile intento viene, in generale, adempiuto.
Wrba, stando a Brünn, potea darci molta più parte del suo tempo che Paulowich. Ei divenne per noi ciò ch'era il P. Battista, tranne che non gli era lecito di prestarci alcun libro. Facevamo spesso insieme lunghe conferenze; e la mia religiosità ne traeva grande profitto; o, se questo è dir troppo, a me pareva di trarnelo, e sommo era il conforto che indi sentiva.
Nell'anno 1829 ammalò; poi, dovendo assumere altri impegni, non poté più venire da noi. Ce ne spiacque altamente; ma avemmo la buona sorte che a lui seguisse altro dotto ed egregio uomo, l'abate Ziak, vicecurato.
Di que' parecchi sacerdoti tedeschi che ci furono destinati, non capitarne uno cattivo! non uno che scoprissimo volersi fare stromento della politica (e questo è si facile a scoprirsi!), non uno, anzi, che non avesse i riuniti meriti di molta dottrina, di dichiaratissima fede cattolica e di filosofia profonda! Oh quanto ministri della Chiesa siffatti sono rispettabili!
Que' pochi ch'io conobbi mi fecero concepire un'opinione assai vantaggiosa del clero cattolico tedesco.
Anche l'abate Ziak teneva lunghe conferenze con noi. Egli pure mi serviva d'esempio per sopportare con serenità i miei dolori. Incessanti flussioni ai denti, alla gola, agli orecchi lo tormentavano, ed era nondimeno sempre sorridente.
Intanto la molt'aria aperta fece scomparire a poco a poco le macchie scorbutiche di Maroncelli; e parimenti Munari ed io stavamo meglio.

CAPO XCI

Spuntò il 1° d'agosto del 1830. Volgeano dieci anni ch'io avea perduta la libertà; ott'anni e mezzo ch'io scontava il carcere duro.
Era giorno di domenica. Andammo, come le altre feste, nel solito recinto. Guardammo ancora dal muricciuolo la sottoposta valle, ed il cimitero ove giaceano Oroboni e Villa; parlammo ancora del riposo che un dì v'avrebbero le nostre ossa. Ci assidemmo ancora sulla solita panca ad aspettare che le povere condannate venissero alla messa, che si diceva prima della nostra. Queste erano condotte nel medesimo oratorietto dove per la messa seguente andavamo noi. Esso era contiguo al passeggio.
È uso in tutta la Germania che durante la messa il popolo canti inni in lingua viva. Siccome l'impero d'Austria è paese misto di tedeschi e di slavi, e nelle prigioni di Spielberg il maggior numero de' condannati comuni appartiene all'uno o all'altro di que' popoli, gl'inni vi si cantano una festa in tedesco e l'altra in islavo. Così ogni festa si fanno due prediche, e s'alternano le due lingue. Dolcissimo piacere era per noi l'udire quei canti e l'organo che l'accompagnava.
Fra le donne ve n'avea, la cui voce andava al cuore. Infelici! Alcune erano giovanissime. Un amore, una gelosia, un mal esempio le avea trascinate al delitto! - Mi suona ancora nell'anima il loro religiosissimo canto del Sanctus: «heilig! heilig! heilig!». Versai ancora una lagrima udendolo.

Alle ore dieci le donne si ritirarono, e andammo alla messa noi. Vidi ancora quelli de' miei compagni di sventura che udivano la messa sulla tribuna dell'organo, da' quali una sola grata ci separava, tutti pallidi, smunti, traenti con fatica i loro ferri!

Dopo la messa tornammo ne' nostri covili. Un quarto di ora dopo ci portarono il pranzo.

Apparecchiavamo la nostra tavola, il che consisteva nel mettere un'assicella sul tavolaccio e prendere i nostri cucchiai di legno, quando il signor Wegrath, sottintendente, entrò nel carcere.

«M'incresce di disturbare il loro pranzo» disse «ma si compiacciano di seguirmi; v'è di là il signor direttore di polizia.»

Siccome questi solea venire per cose moleste, come perquisizioni od inquisizioni, seguimmo assai di mal umore il buon sottintendente fino alla camera d'udienza.

Là trovammo il direttore di polizia ed il soprintendente; ed il primo ci fece un inchino, gentile più del consueto.

Prese una carta in mano, e disse con voci tronche, forse temendo di producirci troppo forte sorpresa se si esprimeva più nettamente:

«Signori... ho il piacere... ho l'onore... di significar loro... che S.M. l'Imperatore ha fatto ancora... una grazia...»

Ed esitava a dirci qual grazia fosse. Noi pensavamo che fosse qualche minoramento di pena, come d'essere esenti dalla noia del lavoro, d'aver qualche libro di più, d'avere alimenti men disgustosi.

«Ma non capiscono?» disse.

«No, signore. Abbia la bontà di spiegarci quale specie di grazia sia questa.»

«È la libertà per loro due, e per un terzo che fra poco abbracceranno.»

Parrebbe che quest'annuncio avesse dovuto farci prorompere in giubilo. Il nostro pensiero corse subito ai parenti, de' quali da tanto tempo non avevamo notizia, ed il dubbio che forse non li avremmo più trovati sulla terra ci accorò tanto, che annullò il piacere suscitabile dall'annuncio della libertà.

«Ammutoliscono?...» disse il direttore di polizia. «Io m'aspettava di vederli esultanti.»

«La prego» risposi «di far nota all'Imperatore la nostra gratitudine; ma, se non abbiamo notizia delle nostre famiglie, non ci è possibile di non paventare che a noi sieno mancate persone carissime. Questa incertezza ci opprime, anche in un istante che dovrebbe esser quello della massima gioia.»

Diede allora a Maroncelli una lettera di suo fratello, che lo consolò. A me disse che nulla c'era della mia famiglia; e ciò mi fece vieppiù temere che qualche disgrazia fosse in essa avvenuta.

«Vadano» proseguì «nella loro stanza; e fra poco manderò loro quel terzo che pure è stato graziato.»

Andammo ed apettavamo con ansietà quel terzo. Avremmo voluto che fossero tutti, eppure non poteva essere che uno. «Fosse il povero vecchio Munari! fosse quello! fosse quell'altro!» Niuno era per cui non facessimo voti.

Finalmente la porta s'apre, e vediamo quel compagno essere il signor Andrea Tonelli da Brescia.

Ci abbracciammo. Non potevamo più pranzare.

Favellammo sino a sera, compiangendo gli amici che restavano.

Al tramonto ritornò il direttore di polizia per trarci di quello sciagurato soggiorno. I nostri cuori gemevano, passando innanzi alle carceri de' tanti amati, e non potendo condurli con noi! Chi sa quanto tempo vi languirebbero ancora? chi sa quanti di essi doveano quivi esser preda lenta della morte?

Fu messo a ciascuno di noi un tabarro da soldato sulle spalle ed un berretto in capo, e così, coi medesimi vestiti da galeotto, ma scatenati, scendemmo il funesto monte, e fummo condotti in città, nelle carceri della polizia.

Era un bellissimo lume di luna. Le strade, le case, la gente che incontravamo, tutto mi pareva sì gradevole e sì strano, dopo tanti anni che non avea più veduto simile spettacolo!

CAPO XCII

Aspettammo nelle carceri di polizia un commissario imperiale che dovea venire da Vienna per accompagnarci sino ai confini. Intanto, siccome i nostri bauli erano stati venduti, ci provvedemmo di biancheria e vestiti, e deponemmo la divisa carceraria.
Dopo cinque giorni il commissario arrivò, ed il direttore di polizia ci consegnò a lui, rimettendogli nello stesso tempo il denaro che avevamo portato sullo Spielberg e quello che si era ricavato dalla vendita dei bauli e de' libri; danaro che poi ci venne a' confini restituito.
La spesa del nostro viaggio fu fatta dall'Imperatore, e senza risparmio.
Il commissario era il signor von Noe, gentiluomo impiegato nella segreteria del ministro della polizia. Non poteva esserci destinata persona di più compita educazione. Ci trattò sempre con tutti i riguardi.
Ma io partii da Brünn con una difficoltà di respiro penosissima, ed il moto della carrozza tanto crebbe il male, che a sera ansava in guisa spaventosa, e temeasi da un istante all'altro ch'io restassi soffocato.
Ebbi inoltre ardente febbre tutta notte, ed il commissario era incerto il mattino seguente s'io potessi continuare il viaggio sino a Vienna. Dissi di sì, partimmo: la violenza dell'affanno era estrema; non potea né mangiare, né bere, né parlare.
Giunsi a Vienna semivivo. Ci diedero un buon alloggio nella direzione generale di polizia. Mi posero a letto; si chiamò un medico; questi mi ordinò una cavata di sangue, e ne sentii giovamento. Perfetta dieta e molta digitale fu per otto giorni la mia cura, e risanai. Il medico era il signor Singer; m'usò attenzioni veramente amichevoli.
Io aveva la più grande ansietà di partire, tanto più ch'era a noi penetrata la notizia delle tre giornate di Parigi.
Nello stesso giorno che scoppiava la rivoluzione, l'Imperatore avea firmato il decreto della nostra libertà! Certo non lo avrebbe ora rivocato. Ma era pur cosa non inverisimile, che i tempi tornando ad essere critici per tutta Europa si temessero movimenti popolari anche in Italia, e non si volesse dall'Austria, in quel momento, lasciarci ripatriare. Eravamo ben persuasi di non ritornare sullo Spielberg; ma paventavamo che alcuno suggerisse all'Imperatore di deportarci in qualche città dell'impero lungi dalla penisola.
Mi mostrai anche più risanato che non era, e pregai che si sollecitasse la partenza. Intanto era mio desiderio ardentissimo di presentarmi a S.E. il signor conte di Pralormo, Inviato della Corte di Torino alla Corte austriaca, alla bontà del quale io sapeva di quanto andassi debitore. Egli erasi adoperato colla più generosa e costante premura ad ottenere la mia liberazione. Ma il divieto ch'io non vedessi chi che si fosse non ammise eccezione.
Appena fui convalescente, ci si fece la gentilezza di mandarci per qualche giorno la carrozza perché girassimo un poco per Vienna. Il commissario avea l'obbligo d'accompagnarci e di non lasciarci parlare con nessuno. Vedemmo la bella chiesa di Santo Stefano, i deliziosi passeggi della città, la vicina villa Liechtenstein, e per ultimo la villa imperiale di Schonbrünn.
Mentre eravamo ne' magnifici viali di Schonbrünn passò l'Imperatore, ed il commissario ci fece ritirare, perché la vista delle nostre sparute persone non l'attristasse.

CAPO XCIII

Partimmo finalmente da Vienna, e potei reggere fino a Bruck. Ivi l'asma tornava ad essere violenta. Chiamammo il medico: era un certo signor Jüdmann, uomo di molto garbo. Mi fece cavar sangue, star a letto, e continuare la digitale. Dopo due giorni feci istanza perché il viaggio fosse proseguito.
Traversammo l'Austria e la Stiria, ed entrammo in Carintia senza novità; ma, giunti ad un villaggio per nome Feldkirchen poco distante da Klagenfurt, ecco giungere un contr'ordine. Dovevamo ivi fermarci sino a nuovo avviso.

Lascio immaginare quanto spiacevole ci fosse quest'evento. Io inoltre aveva il rammarico di esser quello che portava tanto danno a' miei due compagni: s'essi non poteano ripatriare, la mia fatal malattia n'era cagione.
Stemmo cinque giorni a Feldkirchen, ed ivi pure il commissario fece il possibile per ricrearci. V'era un teatrino di commedianti, e vi ci condusse. Ci diede un giorno il divertimento d'una caccia. Il nostro oste e parecchi giovani del paese, col proprietario d'una bella foresta, erano i cacciatori; e noi collocati in posizione opportuna godevamo lo spettacolo.
Finalmente venne un corriere da Vienna, con ordine al commissario che ci conducesse pure al nostro destino. Esultai co' miei compagni di questa felice notizia, ma nello stesso tempo tremava che s'avvicinasse per me il giorno d'una scoperta fatale: ch'io non avessi più né padre, né madre, né chi sa quali altri de' miei cari!
E la mia mestizia cresceva a misura che c'inoltravamo verso Italia.
Da quella parte l'entrata in Italia non è dilettosa all'occhio ed anzi si scende da bellissime montagne del paese tedesco a pianura itala per lungo tratto sterile ed inamena; cosicché i viaggiatori che non conoscono ancora la nostra penisola, ed ivi passano, ridono della magnifica idea che se n'erano fatta, e sospettano d'essere stati burlati da coloro onde l'intesero tanto vantare.
La bruttezza di quel suolo contribuiva a rendermi più tristo. Il rivedere il nostro cielo, l'incontrare facce umane di forma non settentrionale, l'udire da ogni labbro voci del nostro idioma, m'inteneriva; ma era un'emozione che m'invitava più al pianto che alla gioia. Quante volte in carrozza mi copriva colle mani il viso, fingendo di dormire, e piangeva! Quante volte la notte non chiudeva occhio, e ardea di febbre, or dando con tutta l'anima le più calde benedizioni alla mia dolce Italia, e ringraziando il Cielo d'essere a lei renduto; or tormentandomi di non aver notizie di casa, e fantasticando sciagure; or pensando che fra poco sarebbe stato forza separarmi, e forse per sempre, da un amico che tanto avea meco patito, e tante prove di affetto fraterno aveami dato!
Ah! sì lunghi anni di sepoltura non avevano spenta l'energia del mio sentire! ma questa energia era sì poca per la gioia, e tanta pel dolore!
Come avrei voluto rivedere Udine e quella locanda ove quei generosi aveano finto di essere camerieri, e ci aveano stretto furtivamente la mano!
Lasciammo quella città a nostra sinistra, e oltrepassammo.

CAPO XCIV

Pordenone, Conegliano, Ospedaletto, Vicenza, Verona, Mantova mi ricordavano tante cose! Del primo luogo era nativo un valente giovane, stàtomi amico, e perito nelle stragi di Russia; Conegliano era il paese ove i secondini de' Piombi m'aveano detto essere stata condotta la Zanze; in Ospedaletto era stata maritata, ma or non viveavi più, una creatura angelica ed infelice, ch'io aveva già tempo venerato, e ch'io venerava ancora. In tutti que' luoghi insomma mi sorgeano rimembranze più o meno care; ed in Mantova più che in niun'altra città. Mi parea ieri che io v'era venuto con Lodovico nel 1815! Mi parea ieri che io v'era venuto con Porro nel 1820! - Le stesse strade, le stesse piazze, gli stessi palazzi, e tante differenze sociali! Tanti miei conoscenti involati da morte! tanti esuli! una generazione d'adulti i quali io aveva veduti nell'infanzia! E non poter correre a questa o quella casa! non poter parlare del tale o del tal altro con alcuno!
E per colmo d'affanno, Mantova era il punto di separazione per Maroncelli e per me. Vi pernottammo tristissimi entrambi. Io era agitato come un uomo alla vigilia d'udire la sua condanna.
La mattina mi lavai la faccia, e guardai nello specchio se si conoscesse ancora ch'io avessi pianto. Presi, quanto meglio potei, l'aria tranquilla e sorridente; dissi a Dio una picciola preghiera, ma per verità molto distratto, ed udendo che già Maroncelli movea le sue grucce e parlava col cameriere, andai

ad abbracciarlo. Tutti e due sembravamo pieni di coraggio per questa separazione; ci parlavano un po' commossi, ma con voce forte. L'uffiziale di gendarmeria che dee condurlo a' confini di Romagna, è giunto; bisogna partire; non sappiamo quasi che dirci; un amplesso, un bacio, un amplesso ancora. - Montò in carrozza, disparve; io restai come annichilato.
Tornai nella mia stanza, mi gettai in ginocchio, e pregai per quel misero mutilato, diviso dal suo amico, e proruppi in lagrime ed in singhiozzi.
Conobbi molti uomini egregi, ma nessuno più affettuosamente socievole di Maroncelli, nessuno più educato a tutti i riguardi della gentilezza, più esente da accessi di selvaticume, più costantemente memore che la virtù si compone di continui esercizi di tolleranza, di generosità e di senno. Oh mio socio di tanti anni di dolore, il Cielo ti benedica ovunque tu respiri, e ti dia amici che m'agguaglino in amore e mi superino in bontà!

CAPO XCV

Partimmo la stessa mattina da Mantova per Brescia. Qui fu lasciato libero l'altro concaptivo, Andrea Tonelli. Quest'infelice seppe ivi d'aver perduta la madre, e le desolate sue lagrime mi straziarono il cuore.
Benché angosciatissimo qual io m'era per tante cagioni, il seguente caso mi fece alquanto ridere.
Sopra una tavola della locanda v'era un annuncio teatrale. Prendo, e leggo: «Francesca da Rimini, opera per musica, ecc.».
«Di chi è quest'opera?» dico al cameriere.
«Chi l'abbia messa in versi e chi in musica, nol so,» risponde. «Ma insomma è sempre quella Francesca da Rimini, che tutti conoscono.»
«Tutti? V'ingannate. Io che vengo di Germania, che cosa ho da sapere delle vostre Francesche?»
Il cameriere (era un giovinotto di faccia sdegnosetta, veramente bresciana) mi guardò con disprezzante pietà.
«Che cosa ha da sapere? Signore, non si tratta di Francesche. Si tratta d'una Francesca da Rimini unica. Voglio dire la tragedia del signor Silvio Pellico. Qui l'hanno messa in opera, guastandola un pochino, ma tutt'uno è sempre quella.»
«Ah! Silvio Pellico? Mi pare d'aver inteso a nominarlo. Non è quel cattivo mobile che fu condannato a morte e poi a carcere duro, otto o nove anni sono?»
Non avessi mai detto questo scherzo! Si guardò intorno, poi guardò me, digrignò trentadue bellissimi denti, e se non avesse udito rumore, credo m'accoppava.
Se n'andò borbottando: «Cattivo mobile?». Ma prima ch'io partissi, scoperse chi mi fossi. Ei non sapeva più né interrogare, né rispondere, né servire, né camminare. Non sapea più altro che pormi gli occhi addosso, fregarsi le mani, e dire a tutti senza proposito: «Sior sì, sior sì!» che parea che sternutasse.
Due giorni dopo, addì 9 settembre, giunsi col commissario a Milano. All'avvicinarmi a questa città, al rivedere la cupola del Duomo, al ripassare in quel viale di Loreto già mia passeggiata sì frequente e si cara, al rientrare per Porta Orientale, e ritrovarmi al Corso, e rivedere quelle case, quei templi, quelle vie, provai i più dolci ed i più tormentosi sentimenti: uno smanioso desiderio di fermarmi alcun tempo in Milano e riabbracciarvi quegli amici ch'io v'avrei rinvenuti ancora: un infinito rincrescimento pensando a quelli ch'io aveva lasciato sullo Spielberg, a quelli che ramingavano in terre straniere, a quelli ch'erano morti: una viva gratitudine rammentando l'amore che m'avevano dimostrato in generale i Milanesi: qualche fremito di sdegno contro alcuni che mi avevano calunniato, mentre erano sempre stati l'oggetto della mia benevolenza e della mia stima.
Andammo ad alloggiare alla Bella Venezia.

Qui io era stato tante volte a lieti amicali conviti: qui avea visitato tanti degni forestieri: qui una rispettabile attempata signora mi sollecitava, ed indarno, a seguirla in Toscana, prevedendo, s'io restava a Milano, le sventure che m'accaddero. Oh commoventi memorie! Oh passato sì cosparso di piaceri e di dolori, e sì rapidamente fuggito!
I camerieri dell'albergo scopersero subito chi foss'io. La voce si diffuse, e verso sera vidi molti fermarsi sulla piazza e guardare alle finestre. Uno (ignoro chi foss'egli) parve riconoscermi, e mi salutò alzando ambe la braccia.
Ah, dov'erano i figli di Porro, i miei figli? Perché non li vid'io?

CAPO XCVI

Il commissario mi condusse alla polizia, per presentarmi al direttore. Qual sensazione nel rivedere quella casa, mio primo carcere! Quanti affanni mi ricorsero alla mente! Ah! mi sovvenne con tenerezza di te, o Melchiorre Gioia, e dei passi precipitati ch'io ti vedea muovere su e giù fra quelle strette pareti, e delle ore che stavi immobile al tavolino scrivendo i tuoi nobili pensieri, e dei cenni che mi facevi col fazzoletto, e della mestizia con cui mi guardavi, quando il farmi cenni ti fu vietato! Ed immaginai la tua tomba, forse ignorata dal maggior numero di coloro che ti amarono, siccom'era ignorata da me! - ed implorai pace al tuo spirito!
Mi sovvenne anche del mutolino, della patetica voce di Maddalena, de' miei palpiti di compassione per essa, de' ladri miei vicini, del preteso Luigi XVII, del povero condannato che si lasciò cogliere il viglietto e sembrommi avere urlato sotto il bastone.
Tutte queste ed altre memorie m'opprimeano come un sogno angoscioso, ma più m'opprimea quella delle due visite fattemi ivi dal mio povero padre, dieci anni addietro. Come il buon vecchio s'illudeva, sperando ch'io presto potessi raggiungerlo a Torino! Avrebb'egli sostenuto l'idea di dieci anni di prigionia ad un figlio, e di tal prigionia? Ma quando le sue illusioni svanirono, avrà egli, avrà la madre avuto forza di reggere a sì lacerante cordoglio? Erami dato ancora di rivederli entrambi? o forse uno solo dei due? e quale?
Oh dubbio tormentosissimo e sempre rinascente! Io era, per così dire, alle porte di casa, e non sapeva ancora se i genitori fossero in vita; se fosse in vita pur uno della mia famiglia.
Il direttore della polizia m'accolse gentilmente, e permise ch'io mi fermassi alla Bella Venezia col commissario imperiale, invece di farmi custodire altrove. Non mi si concesse per altro di mostrarmi ad alcuno, ed io quindi mi determinai a partire il mattino seguente. Ottenni soltanto di vedere il Console piemontese, per chiedergli contezza de' miei congiunti. Sarei andato da lui, ma essendo preso da febbre e dovendo pormi in letto, lo feci pregare di venire da me.
Ebbe la compiacenza di non farsi aspettare, ed oh quanto gliene fui grato!
Ei mi diede buone nuove di mio padre e di mio fratello primogenito. Circa la madre, l'altro fratello e le due sorelle, rimasi in crudele incertezza.
In parte confortato, ma non abbastanza, avrei voluto, per sollevare l'anima mia, prolungare molto la conversazione col signor Console. Ei non fu scarso della sua gentilezza, ma dovette pure lasciarmi.
Restato solo, avrei avuto bisogno di lagrime, e non ne avea. Perché talvolta mi fa il dolore prorompere in pianto, ed altre volte, anzi il più spesso, quando parmi che il piangere mi sarebbe si dolce ristoro, lo invoco inutilmente? Questa impossibilità di sfogare la mia afflizione accresceami la febbre: il capo doleami forte.
Chiesi da bere a Stundberger. Questo buon uomo era un sergente della polizia di Vienna, faciente funzione di cameriere del commissario. Non era vecchio, ma diedesi il caso che mi porse da bere con mano tremante. Quel tremito mi ricordò Schiller, il mio amato Schiller, quando, il primo giorno del mio arrivo a Spielberg, gli dimandai con imperioso orgoglio la brocca dell'acqua, e me la porse.

Cosa strana! Tal rimembranza, aggiunta alle altre, ruppe la selce del mio cuore, e le lagrime scaturirono.

CAPO XCVII

La mattina del 10 settembre abbracciai il mio eccellente commissario, e partii. Ci conoscevamo solamente da un mese, e mi pareva un amico di molti anni. L'anima sua, piena di sentimento del bello e dell'onesto, non era investigatrice, non era artifiziosa; non perché non potesse avere l'ingegno di esserlo, ma per quell'amore di nobile semplicità ch'è negli uomini retti.
Taluno, durante il viaggio, in un luogo dove c'eravamo fermati, mi disse ascosamente: «Guardatevi di quell'angelo custode; se non fosse di quei neri non ve l'avrebbero dato».
«Eppur v'ingannate» gli dissi «ho la più intima persuasione che v'ingannate.»
«I più astuti» riprese quegli «sono coloro che appaiono più semplici.»
«Se così fosse, non bisognerebbe mai credere alla virtù d'alcuno.»
«Vi son certi posti sociali ove può esservi molta elevata educazione per le maniere, ma non virtù! non virtù! non virtù!»
Non potei rispondergli altro, se non che:
«Esagerazione, signor mio! esagerazione!»
«Io sono conseguente» insisté colui.
Ma fummo interrotti. E mi sovvenne il cave a consequentiariis di Leibnizio.
Pur troppo la più parte degli uomini ragiona con questa falsa e terribile logica: "Io seguo lo stendardo A, che son certo essere quello della giustizia; colui segue lo stendardo B, che son certo essere quello dell'ingiustizia: dunque egli è un malvagio".
Ah no, o logici furibondi! di qualunque stendardo voi siate, non ragionate così disumanamente! Pensate che partendo da un lato svantaggioso qualunque (e dov'è una società od un individuo che non abbiane di tali?) e procedendo con rabbioso rigore di conseguenza in conseguenza, è facile a chicchessia il giungere a questa conclusione: "Fuori di noi quattro, tutti i mortali meritano d'essere arsi vivi". E se si fa più sagace scrutinio, ciascun de' quattro dirà: "Tutti i mortali meritano d'essere arsi vivi, fuori di me".
Questo volgare rigorismo è sommamente antifilosofico. Una diffidenza moderata può esser savia: una diffidenza oltrespinta, non mai.
Dopo il cenno che m'era stato fatto su quell'angelo custode, io posi più mente di prima a studiarlo, ed ogni giorno più mi convinsi della innocua e generosa sua natura.
Quando v'è un ordine di società stabilito, molto o poco buono ch'ei sia, tutti i posti sociali che non vengono per universale coscienza riconosciuti infami, tutti i posti sociali che promettono di cooperare nobilmente al ben pubblico e le cui promesse sono credute da gran numero di gente, tutti i posti sociali in cui è assurdo negare che vi sieno stati uomini onesti, possono sempre da uomini onesti essere occupati.
Lessi d'un quacchero che aveva orrore dei soldati. Vide una volta un soldato gettarsi nel Tamigi e salvare un infelice che s'annegava; ei disse: «Sarò sempre quacchero, ma anche i soldati son buone creature».

CAPO XCVIII

Stundberger m'accompagnò sino alla vettura, ove montai col brigadiere di gendarmeria al quale io era stato affidato. Pioveva, e spirava aria fredda.

«S'avvolga bene nel mantello» diceami Stundberger «si copra meglio il capo, procuri di non arrivare a casa ammalato; ci vuol così poco per lei a raffreddarsi! Quanto m'incresce di non poterle prestare i miei servigi fino a Torino!»
E tutto ciò diceami egli sì cordialmente e con voce commossa!
«D'or innanzi, ella non avrà forse più mai alcun Tedesco vicino a sé» soggiuns'egli «non udrà forse più mai parlare questa lingua che gl'Italiani trovano sì dura. E poco le importerà probabilmente. Fra i Tedeschi ebbe tante sventure a patire, che non avrà troppa voglia di ricordarsi di noi. E nondimeno io, di cui ella dimenticherà presto il nome, io, signore, pregherò sempre per lei.»
«Ed io per te» gli dissi, toccandogli l'ultima volta la mano.
Il pover'uomo gridò ancora: «Guten Morgen! gute Reise! leben Sie wohl! (buon giorno! buon viaggio! stia bene!)». Furono le ultime parole tedesche che udii pronunciare, e mi sonarono care come se fossero state della mia lingua.
Io amo appassionatamente la mia patria, ma non odio alcun'altra nazione. La civiltà, la ricchezza, la potenza, la gloria sono diverse nelle diverse nazioni; ma in tutte havvi anime obbedienti alla gran vocazione dell'uomo, di amare e compiangere e giovare.
Il brigadiere che m'accompagnava mi raccontò essere stato uno di quelli che arrestarono il mio infelicissimo Confalonieri. Mi disse come questi avea tentato di fuggire, come il colpo gli era fallito, come, strappato dalle braccia di sua sposa, Confalonieri ed essa fossero inteneriti e sostenessero con dignità quella sventura.
Io ardeva di febbre udendo questa misera storia, ed una mano di ferro parea stringermi il cuore.
Il narratore, uomo alla buona, e conversante per fiduciale socievolezza, non s'accorgeva che, sebbene io non avessi nulla contro di lui, pur non poteva a meno di raccapricciare guardando quelle mani che s'erano scagliate sul mio amico.
A Buffalora ei fece colazione: io era troppo angosciato, non presi niente.
Una volta, in anni già lontani, quando villeggiava in Arluno co' figli del conte Porro, veniva talora a passeggiare a Buffalora lungo il Ticino.
Esultai di vedere terminato il bel ponte, i cui materiali io aveva veduti sparsi sulla riva lombarda, con opinione allora comune che tal lavoro non si facesse più. Esultai di ritraversare quel fiume, e di ritoccare la terra piemontese. Ah, benché io ami tutte le nazioni, Dio sa quanto io prediliga l'Italia, e bench'io sia così invaghito dell'Italia, Dio sa quanto più dolce d'ogni altro nome d'italico paese mi sia il nome del Piemonte, del paese de' miei padri!

CAPO XCIX

Dirimpetto a Buffalora è San Martino. Qui il brigadiere lombardo parlò a' carabinieri piemontesi, indi mi salutò e ripassò il ponte.
«Andiamo a Novara» dissi al vetturino.
«Abbia la bontà d'aspettare un momento» disse un carabiniere.
Vidi ch'io non era ancor libero, e me n'afflissi, temendo che avesse ad esser ritardato il mio arrivo alla casa paterna.
Dopo più d'un quarto d'ora comparve un signore che mi chiese il permesso di venire a Novara con me. Un'altra occasione gli era mancata; or non v'era altro legno che il mio, egli era ben felice ch'io gli concedessi di profittarne, ecc. ecc.
Questo carabiniere travestito era d'amabile umore, e mi tenne buona compagnia sino a Novara. Giunti in questa città, fingendo di voler che smontassimo ad un albergo fece andare il legno nella caserma dei carabinieri, e qui mi fu detto esservi un letto per me nella camera di un brigadiere, e dover aspettare gli ordini superiori.

Io pensava di poter partire il dì seguente; mi posi a letto, e dopo aver chiacchierato alquanto coll'ospite brigadiere m'addormentai profondamente. Da lungo tempo non avea più dormito così bene.
Mi svegliai verso il mattino, m'alzai presto, e le prime ore mi sembrarono lunghe. Feci colezione, chiacchierai, passeggiai in istanza e sulla loggia, diedi un'occhiata ai libri dell'ospite; finalmente mi s'annuncia una visita.
Un gentile uffiziale mi viene a dar nuove di mio padre, e a dirmi esservi di esso in Novara una lettera la quale mi sarà in breve portata. Gli fui sommamente tenuto di quest'amabile cortesia.
Volsero alcune ore che pur mi sembrarono eterne, e la lettera alfin comparve.
Oh qual gioia nel rivedere quegli amati caratteri! qual gioia nell'intendere che mia madre, l'ottima mia madre viveva! e vivevano i miei due fratelli, e la sorella maggiore! Ahi! la minore, quella Marietta fattasi monaca della Visitazione, e della quale erami clandestinamente giunto notizia nel carcere, avea cessato di vivere nove mesi prima!
M'è dolce credere essere debitore della mia libertà a tutti coloro che m'amavano e che intercedevano incessantemente presso Dio per me, ed in particolar guisa ad una sorella che morì con indizii di somma pietà. Dio la compensi di tutte le angosce che il suo cuore sofferse a cagione delle mie sventure!
I giorni passavano, e la permissione di partire di Novara non veniva. Alla mattina del 16 settembre questa permissione finalmente mi fu data, e ogni tutela di carabinieri cessò. Oh da quanti anni non m'era più avvenuto d'andare ove mi piaceva senza accompagnamento di guardie!
Riscossi qualche danaro, ricevetti le gentilezze di persona conoscente di mio padre, e partii verso le tre pomeridiane. Avea per compagni di viaggio una signora, un negoziante, un incisore, e due giovani pittori, uno de' quali era sordo e muto. Questi pittori venivano da Roma; e mi fece piacere l'intendere che conoscessero la famiglia di Maroncelli. È sì soave cosa il poter parlare di coloro che amiamo con alcuno che non siavi indifferente!
Pernottammo a Vercelli. Il felice giorno 17 settembre spuntò. Si proseguì il viaggio. Oh come le vetture sono lente! non si giunse a Torino che a sera.
Chi mai, chi mai potrebbe descrivere la consolazione del mio cuore e de' cuori a me diletti, quando rividi e riabbracciai padre, madre, fratelli?... Non v'era la mia cara sorella Giuseppina, che il dover suo teneva a Chieri; ma udita la mia felicità, s'affrettò a venire per alcuni giorni in famiglia. Renduto a que' cinque carissimi oggetti della mia tenerezza, io era, io sono il più invidiabile de' mortali!
Ah! delle passate sciagure e della contentezza presente, come di tutto il bene ed il male che mi sarà serbato, sia benedetta la Provvidenza, della quale gli uomini e le cose, si voglia o non si voglia, sono mirabili stromenti ch'ella sa adoprare a fini degni di sé.

FINE